Maik Uhlig

Nolans Hund

Ein Mann, ein Hund, und die Suche nach sich selbst

1. Auflage 2025

Verlag:

BoD · Books on Demand GmbH,

Überseering 33, 22297 Hamburg,

bod@bod.de

Druck:

Libri Plureos GmbH,

Friedensallee 273, 22763 Hamburg

ISBN: 978-3-7693-1803-6

Inhalt

Der Wendepunkt

Nolan fuhr mit seinem neuen Auto, einem glänzenden schwarzen SUV, die Einfahrt hinauf. Das automatische Garagentor öffnete sich langsam, ein surrendes Geräusch, das in der Stille der Nacht nachhallte. Die Doppelgarage war großzügig und modern, Platz für zwei Fahrzeuge, aber der andere Stellplatz war leer. Er erinnerte sich daran, dass sie einmal darüber gesprochen hatten, auf beiden Seiten ein Fahrzeug abzustellen – ein Symbol für ihr gemeinsames Leben, das sie aufbauen wollten. Doch jetzt stand nur noch sein Wagen dort, und die Leere der zweiten Stellfläche erinnerte ihn schmerzhaft daran, was verloren war.

Nolan schaltete den Motor aus, die Klimaanlage verstummte, und für einen Moment blieb er einfach sitzen. Der Beifahrersitz neben ihm war auch leer, so wie vieles in seinem Leben. Er griff nach seiner Aktentasche, öffnete die Fahrertür und trat hinaus, während der Motor noch leicht knisterte. Die Tür zum Haus, direkt mit der Garage verbunden, war nur ein paar Schritte entfernt. Nolan blieb kurz stehen, blickte gedankenverloren zurück. Sein Herz zog sich schmerzhaft zusammen.

Mit einem leisen Seufzen trat er ins Haus. Das Licht im Flur schaltete sich automatisch ein. Nolan warf seine

Schlüssel auf die Kommode und im Wohnzimmer angekommen, legte er den Aktenkoffer achtlos auf die Couch, ohne wirklich hinzusehen. Das Wohnzimmer war eine architektonische Meisterleistung – große Glasfronten, die einen freien Blick auf den gepflegten Garten boten, klare Linien, teure Möbel. Alles war hell, aus kühlem Metall, Glas und weißem Leder. Eine moderne TV- und HiFi-Anlage nahm einen prominenten Platz an der Wand ein – ein riesiger Flachbildschirm, perfekt eingebettet in ein glänzend weißes Regal, flankiert von schwebenden Lautsprechern, die so positioniert waren, dass sie den gesamten Raum mit einem kristallklaren Klang beschallen konnten. Es war ein Statussymbol, perfekt integriert, technisch beeindruckend, doch es füllte nur noch den Raum. Wenn etwas fehlen würde, hätte Nolan es noch nicht einmal bemerkt.

Seine Frau hatte immer von einem Klavier oder Flügel geträumt, etwas, das ihrer Meinung nach echte Wärme und Persönlichkeit in das Haus bringen würde. Dieser alte Holzkasten, wie Nolan ihn oft genannt hatte, schien für ihn nie wirklich hineinzupassen. Am Ende hatten sie sich für ein E-Piano entschieden, ein schlankes Modell, das perfekt zum minimalistischen Design passte und einen sagenhaft klaren Klang hatte. Doch mit der Zeit wurde es immer weniger bespielt, weil, wie seine Frau sagte, diesem Instrument die Seele fehlte. Sie hatte es oft versucht zu erklären, aber Nolan hatte es nie ganz verstanden. Jetzt stand das E-Piano an der Wand, ein Möbelstück ohne Bedeutung, auf dem sich Zeitungen stapelten. Es war ein stummer Zeuge ihrer unerfüllten Wünsche, ein Zeichen dafür, dass Funktionalität in diesem Haus oft vor Emotion ging.

Die Kälte des Raumes kroch ihm unter die Haut. Er war makellos, durchgestylt, und doch fehlte jegliche Wärme.

Er ging zur Hausbar, eine glänzende Fläche aus dunklem Holz und Chrom. Ohne groß zu überlegen, griff er nach einer Flasche Whiskey, schenkte sich ein Glas ein und mischte einen schnellen Drink. Es war egal, welcher – seitdem sie fort war, schmeckte alles gleich. Mit dem Glas in der Hand ging er langsam die Treppe hinauf. Die Treppe führte durch das große, offene Treppenhaus, dessen Wände voller Bilder hingen. Bilder ihrer Vergangenheit. Jede Stufe, die er erklomm, war wie ein weiterer Schritt durch die Erinnerungen seines Lebens – das erste gemeinsame Bild mit seiner Frau, Urlaub in Italien, lachende Gesichter, der Hund als Welpe, Momente, die einst glücklich und lebendig gewesen waren. Jetzt wirkten sie wie Schatten einer anderen Zeit, Erinnerungen, die schwer auf ihm lasteten.

Schritt für Schritt eine weitere Erinnerung. Schritt für Schritt ein weiterer Schmerz. Schritt für Schritt Traurigkeit.

Als er schließlich im ersten Stock ankam, ging er ins Badezimmer. Er stellte sein Glas ab und blieb einen Moment vor dem großen Spiegel stehen. Nolan musterte sein eigenes Spiegelbild. Ein Mann, groß gewachsen, mit blonden Haaren, die ihm locker in die Stirn fielen. Er sah müde aus, trotz der guten Gene, die ihm ein markantes Gesicht und ausgeprägte Wangenknochen verliehen hatten. Die Brille, die er seit kurzem trug, verlieh ihm ein jugendliches Aussehen. Doch hinter den Gläsern lauerte die Erschöpfung, die er nicht mehr verbergen konnte. Seine blauen Augen wirkten leer, als wäre die Lebendigkeit, die sie einst hatten, irgendwo auf der Strecke geblieben. Ein erfolgreicher Geschäftsmann, der alles hatte und doch nichts.

Nolan betrachtete sich noch einen Moment im Spiegel, bevor er sich von dem Anblick losriss. Es war, als würde er jemand völlig Fremden anschauen. Jemanden, den er nicht mehr erkannte. Schließlich sackte er, nachdem er sein Whiskey-Glas wieder fest umklammerte, langsam in sich zusammen, rutschte an der kühlen Wand des Badezimmers herab, bis er auf dem Boden saß.

"Ich habe alles erreicht, was ich mir je erträumt habe", seine Stimme kaum mehr als ein Flüstern, und er schaute zu seinem Hund hinüber, der geduldig vor ihm saß. Nolan bemerkte erst jetzt, dass der Hund auch mit im Badezimmer war. Er hatte ihn nicht einmal wahrgenommen, seit er nach Hause gekommen war. Es erschreckte Nolan, dass er ihn übersehen hatte. Dieser Hund war ein Teil seines Lebens, der ihn immer begleitet hatte, und doch hatte er ihn nicht gesehen, so wie vieles andere in seinem Leben.

Er betrachtete den Hund genauer. Ein brauner goldgestromter kräftiger Rüde mit langem Schwanz und langen Ohren – nicht kupiert, weil seine Frau das nicht wollte. Ihm war es damals egal gewesen, aber sie hatte darauf bestanden, und als der Hund als Welpe ins Haus kam, wusste Nolan, dass es die beste Entscheidung war. Der Hund war, nach seiner Frau, das Beste, was ihm je passiert war. Sie hatten keine Kinder. Seine Frau hatte welche gewollt, aber Nolan hatte immer gesagt, dass sie sich damit Zeit lassen sollten, weil – ja, weil.

"Ja, weil. Weil, weil, weil." Es gab für alles einen Grund, und jetzt waren diese Gründe der Grund für den Whiskey in seiner Hand und dass er elendig und sinnlos in seinem Badezimmer auf dem Boden saß.

Der Hund legte den Kopf schief, sah ihm direkt in die Augen, und für einen Moment schien es, als würde er Nolans Situation verstehen. Seine dunklen Augen voller Ruhe und Verständnis. Es war, als hätte der Hund all die Jahre gewusst, dass dieser Moment kommen würde, als wäre er genau dafür da.

Nolan fuhr mit gebrochener Stimme fort: "Ich hab' mich immer gefragt, ob das hier alles ist. Ob ich vielleicht irgendwo falsch abgebogen bin. Ich dachte, wenn ich hart genug arbeite, dann... dann wäre ich glücklich. Aber stattdessen bin ich hier, mitten in diesem verdammten Designerbadezimmer, und ich fühle mich so leer wie nie zuvor."

Seine Gedanken wanderten zurück zu den Jahren mit dem Hund. Als sie ihn gekauft hatten, waren sie noch glücklich. Die ersten gemeinsamen Monate waren voller Freude. Er erinnerte sich daran, wie sie beide mit dem Hund im Park spazieren gegangen waren, wie sie lachend den Ball geworfen hatten und der Hund aufgeregt hinterhergerannt war. Diese Tage waren unbeschwert gewesen. Die Wochenenden hatten sie oft im Grünen verbracht, mit Picknicks und langen Spaziergängen, während der Hund freudig um sie herumtollte. Sie hatten abends auf der Couch gesessen, eng aneinander gekuschelt, und der Hund hatte sich zu ihren Füßen zusammengerollt oder sich heimlich auf die Couch gesetzt. Millimeter für Millimeter und auf einmal saß er dann zwischen ihnen. Sie hatten gemeinsam gekocht, und der Hund hatte erwartungsvoll in der Küche gesessen, immer in der Hoffnung, dass ein Stückchen Essen für ihn abfiel, was öfter passierte, als sie sich eingestehen wollten.

Er erinnerte sich an die kalten Winterabende, an denen sie gemeinsam vor dem Kamin saßen, die Wärme des Feuers genossen und darüber sprachen, welche Träume sie noch verwirklichen wollten. Damals hatte er geglaubt, alles wäre möglich. Seine Frau hatte ihm immer gesagt, dass der Hund eine besondere Art von Glück brachte – eine Verbindung, die so einfach und natürlich war, dass sie das Leben bunter machte. Der Hund hatte schon damals diesen Blick, als wollte er Nolan klarmachen, wie wichtig diese Momente waren, dass er innehalten und sie genießen sollte. Der Hund war immer dabei, hatte sich oft seltsam verhalten, als wollte er Nolan klarmachen, dass er auf seine Frau hören sollte. Einmal, als sie einen heftigen Streit hatten und seine Frau weinend ins Schlafzimmer ging, setzte sich der Hund vor die geschlossene Tür, schaute Nolan eindringlich an und jaulte leise, als würde er ihn dazu auffordern, ihr zu folgen. Doch Nolan hatte nur den Kopf geschüttelt und sich wieder seiner Arbeit gewidmet. Er hatte die Zeichen ignoriert.

Dann hatte sie ihn verlassen. Er erinnerte sich genau an diesen Tag, der noch nicht so lange her war, aber es fühlte sich dennoch wie eine halbe Ewigkeit an. Er kam von einer Dienstreise zurück, erschöpft, aber froh, endlich wieder zuhause zu sein. Doch als er die Tür öffnete, spürte er sofort, dass etwas nicht stimmte. Die Stille im Haus war unheimlich, fast drückend. Kein Lachen, keine Begrüßung. Er ging von Zimmer zu Zimmer, sein Herz schlug schneller, während er die Leere auf sich wirken ließ. Ihre Sachen waren weg. Der Kleiderschrank stand offen, halb leer. Die Bücher, die sie immer auf dem Couchtisch gestapelt hatte, fehlten. Die kleinen Zettel am Kühlschrank, mit der Einkaufsliste, ihren Gedanken und lieben Worten, sie waren verschwunden.

Es war, als hätte ihn eine unsichtbare Faust getroffen. Er setzte sich auf die Couch, unfähig zu begreifen, was geschehen war. Eine Kälte durchzog ihn, die ihm den Atem raubte. Er fühlte sich wie in einem Albtraum, aus dem er nicht erwachen konnte. Alles fühlte sich plötzlich so sinnlos an. Er hatte geglaubt, dass sie nur eine schwierige Phase durchmachten, dass sie gemeinsam daran arbeiten könnten. Aber nun war sie einfach weg. Ohne ein Wort des Abschieds. Kein Brief, keine Erklärung. Nur diese Leere, die sich in den Räumen und in ihm selbst ausbreitete.

Stundenlang saß er da, starrte ins Nichts. Der Hund setzte sich neben ihn, seine Wärme eine kleine Erinnerung daran, dass er nicht ganz allein war. Aber nichts konnte den Schock und die Traurigkeit vertreiben. Nolan fühlte sich verlassen, verloren in seinem eigenen Zuhause. Selbst als die Dunkelheit hereinbrach, bewegte er sich nicht. Es war, als hätte dieser eine Tag ihm jede Hoffnung genommen. Nicht einmal ein Abschiedsbrief – sie war einfach weg.

Und jetzt hockte er hier im Badezimmer auf dem Boden und wieder war sein Hund bei ihm. "Vielleicht... vielleicht sollte ich endlich etwas ändern," murmelte Nolan und schaute auf den Boden, während ihm die Tränen ungehindert über das Gesicht liefen. Der Hund, ohne auch nur den Blick abzuwenden, rückte ein wenig näher, seine Pfote sanft auf Nolans Knie gelegt. Es war eine einfache Geste, aber sie spendete Wärme.

"Ja, vielleicht solltest du das," sagte der Hund, seine Stimme ruhig, fast so, als wäre sie schon immer da gewesen. Nolan hob den Kopf, starrte seinen Hund an, der ihn wiederum auch ansah, ohne jegliche Überraschung. "Lass uns rausgehen, Nolan. Die Luft hier drin stinkt nach Verzweiflung."

Nolan wusste nicht, ob er lachen oder noch mehr weinen sollte, also tat er beides. "Du kannst reden?"

Der Hund zuckte mit den Schultern, soweit das ein Hund eben konnte, und wedelte leicht mit dem Schwanz.

"Klar kann ich reden. Aber du hast nie wirklich hingehört."

Der Aufbruch

Der Aufbruch

Der Hund sah Nolan mit ruhigen Augen an und sprach weiter.

"Weißt du, Nolan, wir Hunde waren früher wilde Geschöpfe, die durch die Wälder streiften, immer auf der Suche nach Nahrung, nach einem Ort, den wir unser Zuhause nennen konnten. Doch im Laufe der Zeit, Stück für Stück, sind wir den Menschen nähergekommen. Sie gaben uns Futter, Wärme, ein Dach über dem Kopf. Und wir gaben ihnen Gesellschaft, Schutz, Loyalität und unser Vertrauen. So haben wir uns verändert, haben angefangen, zusammenzuleben. Wir wurden Begleiter. Die Menschen brauchten uns, und wir brauchten sie.

Loyalität, unser Instinkt, euch zu beschützen und Vertrauen, Nolan, das ist das, was uns Hunde ausmacht. Egal, wie die Welt um uns herum aussieht, wir bleiben immer an der Seite unserer Menschen. Ich bin immer bei dir gewesen. In den guten Tagen, als ihr zusammen gelacht habt, und in den schlechten, als du deine Frau hast weinen lassen. Ich bin geblieben, auch wenn du mich übersehen hast, auch wenn du dachtest, dass ich nicht verstehen kann. Meine Loyalität zu dir hat mir immer Sinn gegeben, selbst dann, wenn alles andere bedeutungslos schien.

Der Aufbruch

Es macht uns nichts aus, wenn unsere Menschen launisch sind oder ihre schlechten Tage haben. Ich habe es gefühlt, wenn du traurig warst, wütend oder so erschöpft, dass du kaum stehen konntest. Und ich war da, habe abgewartet, bis es dir besser ging. Das macht uns glücklich – einfach da zu sein, egal, wie du dich fühlst. Wir tragen es mit Geduld, und wir bleiben bei unseren Menschen.

Ich habe dir immer vertraut, Nolan. Egal, wie viele Stunden du im Büro warst, egal, wie spät du nach Hause kamst. Ich wusste immer, dass du wiederkommen würdest. Und ich habe mich gefreut – auf den Moment, wenn du die Tür öffnest und mich siehst. Die Freude an den einfachen Dingen – gemeinsame Spaziergänge, Abende vor dem Kamin. Das ist es, was uns ausmacht. Ich brauche nicht viel, nur dich."

Nolan nickte langsam und dachte darüber nach, wie er all diese Eigenschaften am Anfang auch für seine Frau gehabt hatte. In den ersten Jahren war er loyal gewesen, hatte immer an ihrer Seite gestanden und geglaubt, dass nichts sie trennen könnte. Doch irgendwann hatte er begonnen, die kleinen Zeichen zu übersehen. Die Wochenenden, die sie gemeinsam verbringen wollten, wurden immer häufiger durch Arbeit unterbrochen. Die Gelassenheit, die er am Anfang noch hatte, wich einem ständigen Druck, noch mehr zu erreichen, noch mehr zu leisten. Es war, als hätte die Liebe zu seiner Frau sich den Anforderungen seines Jobs untergeordnet, bis sie immer weniger Platz hatte, bis sie beinahe bedeutungslos wurde.

Auch sein Vertrauen in die Zukunft, welches er früher mit ihr geteilt hatte, verblasste. Wo er früher sicher gewesen war, dass sie zusammen alles schaffen würden, hatte sich irgendwann ein Gefühl der Unsicherheit eingeschlichen – nicht, weil er sie nicht liebte, sondern weil er immer weniger Zeit für sie hatte. Die Freude an den einfachen Dingen, wie gemeinsamen Spaziergängen oder den Abenden vor dem Kamin, verlor sich in den Ansprüchen des Alltags. Die Dinge, die ihm einst wichtig gewesen waren, verblassten, bis nur noch der leere Erfolg übrigblieb.

Er erinnerte sich an die Momente, in denen er hätte auf sie hören sollen, an die Momente, in denen sie ihm gesagt hatte, dass sie sich auseinanderlebten. Damals hatte er es nicht verstanden – oder nicht verstehen wollen. Er war so sehr damit beschäftigt gewesen, alles andere unter Kontrolle zu halten, dass er das Wichtigste aus den Augen verloren hatte.

Nolan dachte auch an ihre gemeinsamen Urlaube. Wie

sie in der Sonne lagen, die Wärme auf ihrer Haut spürten und sie das Salz des Meeres in der Luft riechen konnten. Er erinnerte sich daran, wie sie stundenlang am Strand lagen, Muscheln sammelten und miteinander lachten, als der Sand zwischen ihren Zehen kitzelte. Sie hatten einmal in Griechenland einen kleinen Fischerort besucht, in dem die Zeit stillzustehen schien. Die weißen Häuser mit den blauen Fensterläden, die kleinen Gassen und die alten Männer, die mit ihren Netzen am Hafen saßen, hatten sie verzaubert.

Sie waren auf einem alten Fischerboot hinausgefahren, und der Wind hatte ihre Haare zerzaust. Sie hatte vor Begeisterung gejubelt, als ein Schwarm kleiner Fische neben dem Boot auftauchte, und Nolan hatte sich dabei erwischt, wie sein Blick mehr auf ihr ruhte als auf den Fischen. Es waren Momente wie diese, in denen er wusste, dass sie sein Zuhause war. Er dachte auch daran, wie sie Hand in Hand durch Paris schlenderten, ohne festes Ziel, einfach nur darauf bedacht, sich treiben zu lassen. Sie hatten die kleinen Gassen erkundet, waren in winzige Cafés eingekehrt, hatten an Straßenecken gestanden und Straßenmusikern gelauscht. Er erinnerte sich daran, wie sie eines Abends an der Seine saßen, das Leuchten des Eiffelturms im Hintergrund, und sie ihm erzählt hatte, dass es solche Momente seien, die sie glücklich machten. Er hatte sie beschützt, sie umarmt, als die Nacht kühler wurde, und sie hatte ihm zugelächelt, als wäre alles gut, solange sie zusammen waren. Diese Erinnerungen waren voller Wärme, voller Leichtigkeit, und er konnte förmlich den Duft der frisch gebackenen Croissants riechen, den sie in den Pariser Straßen aufgesogen hatten.

Es waren auch die kleinen Abenteuer, die ihnen so viel bedeutet hatten – die Wanderungen in den Bergen auf dem Weg zu einer Tropfsteinhöhle, als sie zusammen den schwierigen Weg erklommen und der Anblick der gigantischen Höhle sie beide für die Anstrengungen belohnt hatte. Sie war stets mutig vorangegangen, während er darauf achtete, dass der Weg sicher war. Einmal hatten sie sich auf einer Wanderung verirrt, und während Nolan sorgenvoll nach dem richtigen Pfad Ausschau hielt, hatte sie nur gelacht und gesagt, dass sie doch ohnehin gemeinsam verloren seien – und dass das alles sei, was zähle. Sie hatte ihn immer wieder daran erinnert, dass es nicht die Kontrolle war, die wichtig war, sondern die gemeinsame Erfahrung. Er erinnerte sich auch daran, wie sie in Italien in einem winzigen Dorf gestrandet waren, weil ihr Mietwagen eine Panne hatte. Anstatt sich darüber zu ärgern, hatte sie einen kleinen Platz entdeckt, auf dem Dorfbewohner tanzten, und sie hatte Nolan einfach mitgezogen. Sie hatten unter den Sternen getanzt, begleitet nur von der entfernten Musik des Dorfes und vom sanften Flüstern der Blätter in den Olivenbäumen. Nolan hatte sie beschützt, ihre Hand gehalten, damit sie nicht stolperte, und dabei gespürt, dass sie genau dort hingehörten, zusammen, in diesem Moment.

Er hatte immer einen Blick für sie gehabt, immer darauf geachtet, dass sie in Sicherheit war. Oft genug hatte sie ihn scherzhaft getadelt: "Ich bin schon groß, Nolan. Du musst dir nicht so viele Sorgen machen." Doch er konnte nicht anders, der Beschützer in ihm war immer präsent gewesen. Damals hatte es ihm Freude gemacht, sich um sie zu kümmern, sie zu beschützen. Er liebte es, ihre Hand zu halten, wenn sie auf unebenem Gelände gingen, sie sanft an sich zu ziehen, wenn eine unübersichtliche Kreuzung bevorstand. Es war sein Ausdruck der Liebe, eine stille Art, ihr zu zeigen, dass sie bei ihm sicher war. Und sie hatte es verstanden, auch wenn sie es nicht immer zugeben wollte. Diese Fürsorge, die sie scherzhaft als übertrieben bezeichnet hatte, war für Nolan ein Teil ihres Zusammenhalts gewesen, eine Art, die Welt gemeinsam zu erobern, während er sicherstellte, dass sie nichts gefährden konnte.

Nolan dachte jetzt wieder an seinen Hund, der immer loyal an seiner Seite geblieben war, egal, wie schwer die Zeiten wurden. Der Hund hatte nie gezögert, nie infrage gestellt, nie versucht, seine eigenen Unsicherheiten auf Nolan zu übertragen. Der Hund hatte stets die Ruhe bewahrt, war immer an seiner Seite, in guten wie in schlechten Momenten. Wenn Nolan traurig war, legte der Hund den Kopf auf seine Knie, wenn er fröhlich war, sprang er begeistert mit ihm herum. Es gab keine Bedingungen, keine Erwartungen – nur reine, unerschütterliche Loyalität.

Hatte er ihr dieselbe unerschütterliche Loyalität entgegengebracht? Hatte er immer ihre Bedürfnisse an erster Stelle gesehen, oder hatte er sich manchmal selbst betrogen, indem er behauptete, sie zu beschützen, während er in Wirklichkeit nur sich selbst schützen wollte? Die Frage schnürte ihm die Kehle zu. Er konnte sich nicht sicher sein. Loyalität war so klar und unerschütterlich beim Hund – und doch schien sie bei ihm selbst von Zweifeln durchzogen zu sein. Er dachte an die Momente, in denen seine Frau ihm etwas anvertraut hatte, ihre Ängste, ihre Hoffnungen. Hatte er ihr immer zugehört, wirklich zugehört? Oder hatte er in diesen Momenten oft nur daran gedacht, wie er die Situation lösen könnte, wie er die Kontrolle behalten konnte? Vielleicht war es ihm wichtiger gewesen, stark zu erscheinen, anstatt einfach nur für sie da zu sein.

Der Aufbruch

Er erinnerte sich daran, wie sie eines Abends nach einem langen Arbeitstag weinend auf der Couch saß. Sie hatte sich ihm anvertraut, hatte von der Überforderung in ihrem Job gesprochen, von den Zweifeln, die sie plagten. Statt einfach bei ihr zu sein, sie festzuhalten und ihre Sorgen mit ihr zu teilen, hatte Nolan sofort versucht, eine Lösung zu finden. Er hatte ihr geraten, den Job zu wechseln, hatte ihr gesagt, dass sie es nicht nötig habe, sich so zu quälen. Doch jetzt wurde ihm klar, dass sie gar keine Lösung wollte. Sie wollte nur, dass er bei ihr war, dass er ihr zuhörte, so wie der Hund es immer tat – ohne Urteil, ohne Rat, einfach nur loyal an ihrer Seite stehen.

Er dachte an all die Male, in denen er geglaubt hatte, das Richtige zu tun, indem er ihre Entscheidungen in Frage stellte, weil er sie beschützen wollte. War das zum Wohl von ihr gewesen? Oder war es nur seine eigene Angst, die Kontrolle zu verlieren? Der Hund hingegen hatte nie versucht, Entscheidungen für ihn zu treffen, hatte ihn nie bevormundet. Er hatte einfach vertraut, dass Nolan seinen eigenen Weg finden würde. Diese Art von Vertrauen hatte Nolan seiner Frau oft verwehrt. Stattdessen hatte er geglaubt, dass es seine Aufgabe sei, alles für sie zu regeln, dass es seine Verantwortung sei, sie zu führen. Doch jetzt sah er, dass er ihr damit oft die Freiheit genommen hatte, ihre eigenen Wege zu gehen, ihre eigenen Fehler zu machen, und daraus zu wachsen.

Jetzt saß er hier, und alles, was er hatte, war sein Hund, der trotz allem bei ihm geblieben war.

"Komm", forderte der Hund ihn auf und ging hinunter ins Erdgeschoss zur Haustür. Nolan zögerte nur kurz, dann folgte er ihm, immer noch verwirrt und ungläubig. Aber tief in ihm regte sich etwas – eine Hoffnung, die er lange nicht mehr gespürt hatte. Es war absurd, das wusste er. Ein Hund, der spricht und ihn auffordert, ihm zu folgen. Und doch – etwas in ihm sagte, dass dies genau das Richtige war. Vielleicht, weil es anders war, weil es nicht der gewöhnliche, trostlose Ablauf seines Lebens war. Vielleicht, weil es die erste Veränderung war, die sich gut anfühlte. Langsam folgte er dem Hund die Treppe hinunter, Schritt für Schritt, als würde jeder Schritt ihn ein Stück weiter aus der Dunkelheit führen, auch wenn vor der Tür längst die Dunkelheit der Nacht den Tag besiegt hatte. Seit Millionen von Jahren senkte sich die Dunkelheit jeden Abend herab – doch sie war nie das Ende. Über den Horizont legten sich die Sterne wie leuchtende kleine Wunden der Vergangenheit, die Erinnerungen an einen längst vergangenen Glanz. Die Nacht war tief und schwer, doch sie trug das leise Versprechen eines neuen

Morgens in sich. Und irgendwo darin, zwischen Schatten und Sternen, fand Nolan etwas, das ihm sagte, dass dieser Weg, den er jetzt beschritt, ein neuer Anfang sein könnte.

Nolan öffnete die Tür, und die warme Luft der Nacht strömte ihm entgegen. Zum Glück war es eine milde Nacht, er brauchte keine Jacke. Es fühlte sich gut an, einfach hinauszugehen, dem Hund bedingungslos zu vertrauen, ohne darüber nachzudenken. Nolan spürte, wie sich eine seltsame Erleichterung in ihm breit machte. Es war befreiend, sich nicht immer um die Kontrolle zu sorgen, sondern einfach jemandem zu folgen, der ihn schon so lange begleitete. Ein leises Gefühl der Hoffnung keimte in ihm auf, als er die Schwelle überschritt und hinter dem Hund in die Dunkelheit trat. Der Vorgarten war groß und weitläufig, ein makellos gepflegter Rasen, der im Licht des Hauses sanft schimmerte. Der Rasen erstreckte sich wie ein grüner Teppich, akkurat geschnitten, ohne einen einzigen Makel, und wirkte fast wie ein lebloses Kunstwerk. Die Blumenbeete, die von Nolans Frau einst liebevoll angelegt worden waren, säumten die Rasenfläche. Bunte Tulpen, Rosen und Lavendel standen in einem sanften Durcheinander, ihre Farben leuchteten schwach im Mondlicht, das sich mit dem warmen Licht der Hausbeleuchtung vermischte.

Der Aufbruch

Obwohl es einige Zeit her war, dass jemand die Beete mit Liebe gepflegt hatte, hatten die Blumen immer noch ihren Zauber – eine Erinnerung an die Sorgfalt und Hingabe, die seine Frau einst in diesen Garten gesteckt hatte. Die Rosen waren etwas wilder geworden, sie rankten sich um das schmiedeeiserne Gitter der kleinen Gartenbank, die am Rande der Blumenbeete stand. Es war eine Bank, auf der sie oft zusammengesessen hatten, wo sie ihre Nachmittage verbracht und über die Zukunft gesprochen hatten.

Ein gepflasterter Weg führte durch den Vorgarten, die Steinplatten waren in einem eleganten Muster angelegt, das einen Kontrast zu dem üppigen Grün des Rasens bildete. Der Hund führte Nolan langsam den gepflasterten Weg entlang, vorbei an den Beeten und den Hecken, die das Grundstück säumten. Die Hecken waren sorgfältig gestutzt, doch einige Zweige waren bereits ein wenig in die Höhe geschossen, als ob sie die Freiheit suchten, die ihnen durch die strenge Form genommen worden war. Nolan bemerkte die kleinen Spinnennetze, die sich zwischen den Zweigen spannten, funkelnd im Licht, und es erinnerte ihn daran, wie viel Leben selbst in der Stille des Gartens verborgen lag.

Der Weg führte sie vorbei an einer kleinen, steinernen

Vogeltränke, deren Wasseroberfläche im Licht sanft glitzerte. Früher hatte Nolans Frau immer darauf geachtet, dass die Vogeltränke sauber war, und sie liebte es, den Vögeln dabei zuzusehen, wie sie sich im Wasser erfrischten. Nolan blieb kurz stehen und fühlte die Melancholie der Erinnerung an die unbeschwerten Tage, als diese kleinen Momente noch Teil ihres gemeinsamen Lebens waren.

Der Hund ging voraus, schnüffelte immer wieder an den Rändern des Weges und warf einen kurzen Blick zurück, um sicherzustellen, dass Nolan ihm folgte. Schließlich verließen sie den gepflasterten Weg des Vorgartens und näherten sich dem kleinen, gewundenen Pfad, der in den Wald führte. Die ersten Bäume warfen ihre Schatten über den Garten, hohe Eichen und schlanke Birken, die sich im Wind leicht bewegten und ein beruhigendes Rauschen erzeugten. Der Übergang vom gepflegten Garten in die Natürlichkeit des Waldes war fließend. Der Boden wurde weicher, das Gras wich Moos und Unterholz, und der kleine Waldweg öffnete sich vor ihnen, gesäumt von Farnen und jungen Bäumen.

Der Weg war schmal, fast unscheinbar, ein natürlicher Pfad, der sich zwischen die Bäume schlängelte. Er war mit Laub bedeckt, und das Knirschen der Blätter unter

Der Aufbruch

Nolans Füßen vermischte sich mit den entfernten Geräuschen der Natur. Die Luft veränderte sich, wurde kühler und frischer – feuchte Erde, altes Holz, frisches Laub. Die Dunkelheit des Waldes schien tiefer als die Nacht im Garten, doch der Hund führte Nolan sicher weiter, als hätte er diesen Weg schon unzählige Male genommen. Nolan folgte ihm, Schritt für Schritt, weg von der Kälte seines Hauses und hinein in die stille Geborgenheit des Waldes.

Die Bäume standen hoch und schützend um sie herum, als würden sie ihn willkommen heißen. Der Geruch des Waldes umfing ihn – feuchte Erde, Kiefernnadeln, der leichte Hauch von Moos. Die Dunkelheit war nicht drückend, sie war beruhigend, ein Mantel, der ihn sanft einhüllte. Nolan fühlte sich, als würde er in einen Ort eintauchen, an dem Zeit keine Rolle spielte, umgeben von der Ewigkeit der Natur. Der Hund ging voran, und Nolan schaute hinauf. Zwischen den hohen Baumkronen blinkten die Sterne durch die Äste. Jetzt waren sie keine vergangenen Wunden mehr, sie waren kleine Versprechen, die ihm zuflüsterten, dass er nicht allein war.

Er erinnerte sich daran, wie er hier einst mit seiner Frau gelegen hatte, einfach auf dem weichen Moos. Sie hatte ihm die Sternenbilder erklärt, und er hatte versucht, ihren Worten zu folgen, ihrem Finger, der am Himmel entlangfuhr, um ihm die Formen zu zeigen. Sie hatte eine unglaubliche Geduld, wenn sie ihm von den Sternen erzählte, und sie wusste immer so viel darüber. Orion, der Große Wagen, die Plejaden – sie konnte sie alle finden und ihm zeigen. Er hatte sich oft darüber gewundert, wie sie all das Wissen in sich trug, wie sie die Geschichten kannte, die hinter den Sternenbildern lagen, und wie begeistert sie ihm immer wieder davon erzählte.

Doch es waren nicht nur die Sterne, die sie kannte. Sie hatte ihm auch die Pflanzen im Wald erklärt. Sie war fasziniert von der Natur und wusste immer, welche Pflanze welche Heilkraft hatte. Er erinnerte sich an einen Sommerabend, als sie durch den Wald spazierten und er versehentlich in ein Wespennest getreten war. Der stechende Schmerz, als die Wespen ihn attackierten, hatte ihn fast zu Boden gehen lassen. Doch sie hatte keine Sekunde gezögert. Sie hatte sich umgesehen, war ein paar Schritte gelaufen und hatte schnell Blätter gefunden, die sie zwischen ihren Fingern zerrieb. Dann hatte sie eine Zwiebel aus ihrem Rucksack geholt – wie selbstverständlich hatte sie eine Zwiebel dabeigehabt – und den Saft auf seine Wespenstiche getupft. Der Schmerz ließ sofort nach und sie hatte ihn angelächelt, als wäre das alles das

Natürlichste der Welt. Sie hatte ihn beschützt, so wie er sie immer beschützen wollte, und das auf eine Weise, die nur sie verstand.

Nolan suchte jetzt nach den Sternenbildern, versuchte, sie wiederzufinden, doch es gelang ihm nicht. Der Finger seiner Frau fehlte ihm, der Kompass, dem er immer gefolgt war, um den Himmel zu verstehen. Ohne sie drehte sich die Kompass-Nadel in seinem Inneren immer schneller im Kreis, ein Strudel, der ihn hinabzuziehen drohte. Die Erinnerung an ihre Stimme, wie sie die Sterne benannte und ihm die Geschichten dahinter erzählte, schien ihm nun so fern. Und das Wissen über die Pflanzen, die Heilkräfte, die Liebe zur Natur – es war, als wäre all das Wissen mit ihr gegangen, und er fühlte sich so verloren ohne ihre Führung.

Doch der Hund lief weiter, und Nolan folgte ihm – Schritt für Schritt, mit der Hoffnung, irgendwo dort draußen eine neue Richtung zu finden. Der Hund blickte immer wieder zu ihm zurück, als wollte er sicherstellen, dass Nolan ihm folgte. Und vielleicht, dachte Nolan, war das nun sein neuer Kompass, der ihm half, den Weg zu finden.

Der Hund sah sich um, seine Augen glitzerten im Sternenlicht, und er begann wieder zu sprechen: "Weißt du, Nolan, all die Spaziergänge, die wir hier gemacht haben, waren für mich immer etwas Besonderes. Ich habe den Wald nie nur als einen Ort gesehen, an dem wir laufen, sondern als einen Ort voller Abenteuer, voller Düfte und Geräusche, die uns beide umgaben. Jeder Schritt war eine Entdeckung, jeder Geruch ein Geheimnis, das es zu lüften galt. Und vor allem – wir waren zusammen. Das war es, was mir immer am wichtigsten war. Ich habe nie daran gezweifelt, dass wir hierhergehören, dass wir miteinander verbunden sind."

Nolan hörte dem Hund zu, und während sie weitergingen, dachte er darüber nach.

Der Hund schwieg eine Weile, bevor er fortfuhr: "Loyalität ist wichtig, Geduld auch. Die Freude an den einfachen Dingen, der Schutzinstinkt... aber am Ende ist es das Vertrauen, Nolan. Vertrauen ist das wertvollste Geschenk. Dass ich dir vertraue, und dass du mir vertraust. Ohne Vertrauen sind wir verloren. Vertrauen heißt, die Kontrolle loszulassen, darauf zu vertrauen, dass die andere Person da ist, dass wir zusammen stark sind."

Nolan nickte. "Vertrauen", wiederholte er leise,

Der Aufbruch
während sie tiefer in den Wald gingen.

Nolan fragte den Hund, woher er wisse, wem er vertrauen könne. Der Hund schien fast zu lachen, bevor er antwortete:
"Wenn du wissen willst, ob du jemandem vertrauen kannst – dann tu es. Das Ergebnis wird es dir zeigen." Und zum ersten Mal seit langem spürte er, dass er tatsächlich bereit war, die Kontrolle loszulassen – weil da jemand war, dem er wirklich vertrauen konnte.

"Das ist sehr weise, was du über Vertrauen gesagt hast," meinte Nolan leise. Kaum hatte er die Worte ausgesprochen, raschelte es in den Zweigen über ihnen, und eine tiefe, ruhige Stimme erklang:

"Weisheit ist das stille Wissen, das in den Herzen derjenigen wächst, die den Mut haben, auch sich selbst zu vertrauen."

Die Eule und der Weitblick

Nolan blickte überrascht nach oben. Auf einem Ast saß eine Eule, ihre großen Augen glänzten im schwachen Licht des Neumonds, während sie ihn aufmerksam musterte. Sie wirkte, als hätte sie schon lange zugesehen, als sei sie Teil dieses Ortes. Der Hund setzte sich hin und schaute ebenfalls zu der Eule empor, als wäre es das Natürlichste der Welt, dass diese sich in ihr Gespräch einmischte.

"Ich höre gerne, wenn Menschen etwas Wahres erkennen."

Die Eule blickte Nolan eindringlich an und sprach weiter: "Ich habe viele Jahre hier in diesem Wald verbracht. Meine Weisheit habe ich nicht durch Worte erlangt, sondern durch das stille Beobachten der Natur und ihrer Bewohner. Weisheit bedeutet, Geduld zu haben und zu erkennen, dass die Antworten oft im Verborgenen liegen. Manchmal ist es notwendig, still zu sein und die Welt zu beobachten, bevor man handelt."

Nolan nickte, während er den Worten der Eule lauschte. Er dachte daran, wie oft er in der Vergangenheit ungeduldig gewesen war, wie oft er Dinge erzwingen wollte, statt ihnen die Zeit zu lassen, sich natürlich zu entfalten. Nolan erinnerte sich daran, wie seine Frau oft in ihrem Sessel saß – ein alter Ohrensessel, den er schrecklich fand, aber sie hatte dieses Möbelstück geliebt. Sie las viel, und er erinnerte sich daran, dass sie oft ihre Lesebrille nach unten schob und ihn über den Rand lange und still beobachtete, wenn er über seinen Arbeitspapieren grübelte und sinnlose Mails beantwortete. Wenn er es bemerkte und sie fragte, warum sie ihn so ansah, antwortete sie immer: "Weil ich dich liebe!"

Nolan fragte sich, was sie wohl in ihm gesehen hatte, wenn sie ihn so lange beobachtete. Er stellte sich vor, wie sie dort saß, ihre Augen auf ihn gerichtet, während er über seine Arbeitspapiere gebeugt war, in einem Sumpf aus E-Mails und Verpflichtungen. Vielleicht hatte sie den Mann gesehen, den sie einst geliebt hatte – verborgen unter all den Jahren. Vielleicht hatte sie seine Erschöpfung gesehen, seine innere Zerrissenheit, und gewartet, bis er es selbst bemerkte. Oder vielleicht hatte sie einfach nur den Menschen gesehen, den sie immer noch liebte, trotz allem, was sie voneinander entfernt hatte. Er hatte das damals nie verstanden, aber jetzt spürte er, wie tief ihre Liebe tatsächlich gewesen war, eine Liebe, die auch in der Stille bestand, die ihn beobachtete, nicht um zu urteilen, sondern um zu verstehen.

Die Eule

"Weitblick ist eine weitere meiner Eigenschaften," fuhr die Eule fort. "Es ist wichtig, nicht nur das Naheliegende zu sehen, sondern auch das, was kommen mag. Ich sitze in den höchsten Zweigen und blicke weit über den Wald hinaus. Das erlaubt mir, die Veränderungen zu erkennen, die sich anbahnen. Weitblick bedeutet, über den Moment hinauszusehen und nicht in der Gegenwart zu verharren. Deine Frau hatte diesen Weitblick – sie erkannte, was auf euch zukam."

Nolan erschrak. "Kannst du meine Gedanken lesen?" Sein Hund stupste ihn an und legte den Kopf schief – ein Zeichen, das er immer machte, wenn er etwas im Sinn hatte. Dann gab er ihm die einzig logische Antwort: "Nolan, du redest mit deinem Hund, warum sollte sie nicht deine Gedanken lesen können?" Nolan wusste nicht, was er darauf antworten sollte.

Nolan musste an die alte Fernsehserie 'Mister Ed' denken, die er als Kind gesehen hatte. Diese Serie hatte ihn immer zum Lachen gebracht – die Vorstellung, dass ein Pferd mit seinem Besitzer sprechen konnte. Besonders die ersten Szenen, als Wilbur herausfand, dass sein Pferd sprechen konnte, kamen ihm jetzt in den Sinn. Wilbur war völlig verdattert gewesen, hatte mehrfach ungläubig in den Stall geschaut und versucht, zu verstehen, was da gerade passierte. Und Mister Ed, das Pferd, hatte ihn dann auch noch auf den Arm genommen – mit einer Mischung aus trockenem Humor und augenzwinkernder Überheblichkeit. Nolan lächelte schwach, als er daran dachte. So ähnlich fühlte er sich jetzt auch – als wäre er der naive Wilbur, der einfach nicht glauben konnte, was vor sich ging, und der Hund war Mister Ed, der die Situation mit einer Selbstverständlichkeit annahm, als wäre das alles ganz normal.

"Danke, Ed", antwortet Nolan. Sein Hund überlegte kurz, ob er versuchen sollte zu wiehern, entschied sich aber dagegen.

Die Eule ließ ihre Flügel ein wenig sinken, und ihre großen Augen fixierten Nolan. Ihre Stimme klang tief und ruhig, als sie wieder zu sprechen begann. "Wissen allein macht noch keine Weisheit. Wissen kann man sich aneignen, man kann lesen, man kann lernen. Aber Weisheit, echte Weisheit, entsteht nur, wenn man die Welt beobachtet, wenn man still wird und versteht, was in den kleinen und großen Dingen geschieht. Ich habe die Welt beobachtet – von hoch oben in den Bäumen, in den tiefen Nächten, wenn alles still ist. Ich habe gesehen, wie sich das Leben immer wieder verändert, wie sich die Jahreszeiten abwechseln, wie die Natur ihre Kreisläufe geht. All diese Dinge habe ich nicht nur gesehen, ich habe sie gefühlt, verstanden. Ich habe gelernt, dass Geduld eine der wertvollsten Tugenden ist, die man besitzen kann."

Die Eule drehte ihren Kopf ein wenig, sodass das Mondlicht über ihr Gefieder glitt und ihre Augen noch tiefer erscheinen ließ. "Weisheit, Nolan, bedeutet, die Welt nicht nur zu sehen, sondern auch zu verstehen, was sich hinter dem Sichtbaren verbirgt. Es bedeutet, nicht nur zu schauen, sondern zu beobachten, wahrzunehmen, die Bewegungen, die leisen Veränderungen, die Stille zwischen den Geräuschen. Zu verstehen, dass jeder Moment, jedes kleine Detail, eine Bedeutung hat. Es ist das Beobachten, das uns weise macht, das uns hilft, die Welt so zu sehen, wie sie wirklich ist – mit all ihren Schönheiten, mit all ihren Schwierigkeiten."

Die Eule hielt inne, ihre Augen ließen Nolan nicht los. "Aber Weisheit reicht nicht, um weiterzugehen. Um die Herausforderungen des Lebens zu bestehen, braucht es mehr – es braucht Glauben. Den Glauben daran, dass es immer weitergeht, dass alles gut werden kann, auch wenn es im Moment vielleicht nicht so aussieht. Der Glaube daran, dass die Zukunft Gutes bringt, fällt nicht leicht. Es ist leicht, an dem zu verzweifeln, was vor einem liegt, sich in den Sorgen und Ängsten zu verlieren. Aber genau das ist es, was Weisheit fordert: zu verstehen, dass das Leben nicht immer einfach ist, dass es Höhen und Tiefen gibt, dass es gute und schlechte Zeiten gibt – und trotzdem daran zu glauben, dass es weitergeht."

Nolan spürte, wie diese Worte in ihm nachhallten. Die Eule sprach weiter, ihre Stimme klang nun beinahe sanft. "Der Glaube an die Zukunft, Nolan, erfordert eine Weisheit, die nicht jeder besitzt. Es bedeutet, die Schwierigkeiten des Lebens zu akzeptieren, nicht davor zurückzuschrecken. Es bedeutet, die eigene Angst zu verstehen, ihr ins Gesicht zu sehen, aber dennoch weiterzumachen, weil man weiß, dass nach der Dunkelheit wieder das Licht kommt. Es bedeutet, nicht stehenzubleiben, nicht aufzugeben, sondern Schritt für Schritt weiterzugehen, auch wenn der Weg unklar ist. Das ist Weisheit. Das ist der Glaube, der uns voranbringt."

Die Eule breitete ihre Flügel wieder leicht aus, als wolle sie den Himmel umarmen. "Die Welt zu beobachten bedeutet, sie in all ihren Facetten zu begreifen, ihre Schönheit und ihre Härte. Aber die Weisheit, die daraus entsteht, muss von Glauben begleitet werden. Denn ohne den Glauben, dass es weitergeht, dass wir wachsen und uns entwickeln können, bleibt Weisheit nur ein passives Wissen. Glaube verwandelt Wissen in Kraft. Glaube verwandelt Beobachtung in Richtung. Nur wenn wir beides haben – die Weisheit der Welt zu verstehen und den Glauben, dass alles gut werden kann – dann sind wir in der Lage, weiterzugehen und das Leben zu meistern."

Nolan hörte zu, fasziniert von der Bedeutung der Worte der Eule. Er spürte, dass es nicht nur um das Beobachten der äußeren Welt ging, sondern auch um das Beobachten seiner selbst, das Erkennen seiner eigenen Zweifel, seiner eigenen Ängste, und den Glauben daran, dass er aus all dem etwas Gutes formen konnte. Die Eule hatte Recht. Die Weisheit lag in der Beobachtung – aber die Stärke lag im Glauben an das, was kommen konnte.

Nolan erinnerte sich an seine Studienzeit, als er allein in Paris war. Er war ziellos durch die Straßen geschlendert und hatte die Atmosphäre auf sich wirken lassen. Eines Tages war er zufällig in einer unterirdischen Metrostation gewesen, als er einen unscheinbaren Nebeneingang zum Louvre entdeckte. Ohne groß darüber nachzudenken, war er hineingegangen und hatte sich durch das riesige Museum treiben lassen, ohne Plan, einfach von Raum zu Raum. Er ließ die Kunstwerke auf sich wirken, spürte die Geschichte in jedem Saal. Schließlich kam er in einen Raum, der voller Menschen war, alle schauten in eine Richtung.

Neugierig drängte er sich nach vorne, seine Schultern schoben sich durch die Menge, und seine Füße bewegten sich fast wie von selbst in Richtung der Stelle, an der sich die Besucher sammelten. Die Stimmen um ihn herum wurden leiser, als ob er durch eine Art Schallwand schritt. Er konnte die Aufregung spüren, die förmlich in der Luft lag – ein Raunen, ein Murmeln, das von all den Menschen ausging, die sich vor einem Kunstwerk versammelten, das sie offenbar alle in den Bann zog.

Langsam arbeitete er sich durch die Gruppe hindurch, bis er endlich die Stelle erreichte, von der aus er sehen konnte, was alle anderen so faszinierte. Da hing sie – hinter dickem Panzerglas geschützt, kleiner als er sie sich immer vorgestellt hatte. Das berühmteste Gemälde der Welt. Nolan spürte, wie sein Atem stockte, als er vor dem Bild stand. Die Menschen um ihn herum verschwanden aus seinem Bewusstsein. Der Lärm der Menge, die aufgeregten Flüstereien – alles verblasste. In diesem Moment gab es nur noch ihn und dieses Bild, nur noch ihn und das geheimnisvolle Lächeln der Mona Lisa.

Nolan ließ seinen Blick über die Details des Bildes gleiten. Die sanften Übergänge der Farben, das zarte

Spiel von Licht und Schatten, das ihre Gesichtszüge so lebendig wirken ließ. Ihre Augen schienen ihm direkt in die Seele zu blicken, und ihr Lächeln. Dieses Lächeln, das so schwer zu fassen war, so schwer zu deuten. War es ein Lächeln des Wissens? Ein Lächeln des Verstehens? Oder vielleicht ein Lächeln voller Geheimnisse, die sie niemals preisgeben würde?

Er wusste nicht, wie lange er dort verharrt hatte. Sekunden, Minuten? Vielleicht Stunden. Die Zeit schien in diesem Moment stillzustehen. Alles, was ihn sonst beschäftigte – seine Sorgen, seine Zweifel – schien in den Hintergrund zu treten, unwichtig zu werden. Er stand nur da, staunend, ohne jede Eile, und ließ die Magie des Augenblicks auf sich wirken. In diesem Moment wollte er nur dort sein, wo er gerade war. Er spürte eine Ruhe in sich, die er schon lange nicht mehr gefühlt hatte, eine Art stilles Einverständnis mit dem Leben. Dieses Lächeln war kein Triumph, keine Herausforderung – es war ein stilles Wissen. Ein Lächeln, das die Tiefen und Höhen des Lebens kannte und dennoch Zuversicht ausstrahlte.

Nolan verstand plötzlich, warum die Mona Lisa das kostbarste Bild auf dem Planeten war. Es war nicht der Wert der Farben oder der Technik, sondern das Gefühl, das sie in ihm weckte – dieses unbeschreibliche Gefühl, dass alles gut werden würde, egal was kam.

Die Eule

Dass es einen Grund gab, zu lächeln, selbst wenn die Welt um einen herum manchmal chaotisch und unverständlich war. Sie lächelte, weil sie es wusste: "Alles wird gut!" Und für einen kurzen Moment glaubte auch Nolan daran, und eine tiefe innere Ruhe breitete sich in ihm aus.

Nolan verstand jetzt, was er wirklich verloren hatte. Das Lächeln seiner Frau war wie ein Sonnenaufgang im Sommer – warm, hoffnungsvoll, sanft, ein Versprechen auf einen neuen Tag. Es war die leichte Brise, die Glück mit sich brachte. Dieses Lächeln, das ihm das Gefühl gegeben hatte, dass alles gut werden würde.

Nolan wurde klar, dass die Menschheit schon immer durch Nöte, Katastrophen und Krisen gegangen war. Durch Seuchen, Kriege und Hunger. Doch was die Menschen immer am Leben gehalten hatte, war der feste Glaube daran, dass alles irgendwann wieder gut werden würde. Es war nicht der Reichtum, nicht die Macht und auch nicht die Stärke, die die Menschheit gerettet hatte – es war der unerschütterliche Glaube, dass es immer einen Weg geben würde, dass es sich lohnte, weiterzumachen. Es war dieser Glaube, der Generationen trotz aller Widrigkeiten am Leben hielt. Die Menschen standen immer wieder auf, egal wie oft sie niedergeschlagen wurden. Und jedes Mal, wenn die

Die Eule

Dunkelheit am tiefsten schien, gab es immer jemanden, der das Licht nicht aus dem Blick verlor. Dieser Glaube, dass alles gut werden würde, war das wertvollste Erbe der Menschheit – das, was sie immer weitermachen ließ. Nolan wusste, dass auch er dieses Erbe in sich entdecken musste, um aus der Dunkelheit herauszutreten. Alles würde gut werden – wenn er nur daran glaubte.

Und wieder schien die Eule seine Gedanken lesen zu können: "Glaube daran, alles wird gut!" Die Eule hob ihre Flügel, die Federn leise raschelnd, und sah Nolan noch einen Moment lang an. Dann ließ sie sich fallen, ihre Silhouette zeichnete sich für einen Augenblick gegen den Nachthimmel ab, ehe sie lautlos in der Dunkelheit verschwand.

Doch dann hörte er ein leises Rascheln im Unterholz. Als er sich umsah, trafen seine Augen auf ein Paar funkelnder Punkte in der Dunkelheit. Ein Fuchs trat hervor, sein Fell trotz der Dunkelheit schimmernd, und setzte sich auf den Weg direkt neben den Hund, der ihn freudig begrüßte, als würden sie sich jeden Tag sehen. Der Fuchs musterte Nolan mit klugen Augen, als würde er überlegen, was er sagen sollte. Nolan spürte, dass dies der Beginn einer neuen Begegnung war.

Der Fuchs und die Neugier

Der Fuchs

Der Fuchs saß mit einer Mischung aus Vorsicht und Neugier auf dem Waldweg. Seine Augen funkelten im schwachen Licht, und er musterte Nolan lange, als wollte er herausfinden, wer dieser Mensch war. Er neigte den Kopf leicht, während er Nolan fixierte. Es war, als könne der Fuchs die Gedanken erahnen, die Nolan selbst noch nicht einmal erkannt hatte.

Der Hund neben Nolan legte den Kopf schief und sah den Fuchs an. "Nun, wenn du schon so neugierig bist, Fuchs, dann sprich doch endlich aus, was dir durch den Kopf geht," sagte er mit spielerischer Ungeduld.

Der Fuchs hob leicht den Kopf, seine Ohren zuckten, und er betrachtete Nolan eingehend. "Du bist ein kluger Mensch, das sehe ich in deinen Gesichtszügen", begann der Fuchs. "Aber es ist eine Klugheit, die nur theoretischer Natur ist. Deine Augen zeigen mir, dass du viel Wissen hast, aber Wissen allein macht noch keinen weisen Menschen."

Der Fuchs machte eine kurze Pause, seine Augen blieben dabei unverwandt auf Nolan gerichtet, als wolle er seine Worte tief in ihm verankern. "Weißt du, ich bin ein Fuchs, ein Räuber. Ich habe keine Schule besucht, keine Universität, und ich habe keine Zeugnisse, die mir irgendetwas bestätigen könnten. Aber trotzdem bin ich klug genug, um zu überleben. Ein dummer Räuber würde verhungern. Und ich bin hier – lebendig, wachsam und neugierig. Meine Klugheit besteht darin, zu wissen, wann ich handeln muss, wann ich beobachten sollte und wem ich vertrauen kann."

"Dann bin ich wohl der dümmste Mensch auf der Welt", sinnierte Nolan. Der Fuchs lächelte, und es war ein Lächeln, das nur einem Fuchs eigen sein konnte. Die schmale, spitze Schnauze verzog sich leicht, die Lippen zogen sich hoch und gaben den Blick auf seine scharfen Zähne frei. Die Augen funkelten dabei, als wüssten sie mehr, als sie preisgaben. Es war ein listiges, verschmitztes Lächeln – eines, das gleichzeitig freundlich und schelmisch wirkte, als würde der Fuchs ein Geheimnis kennen, das Nolan noch nicht verstanden hatte.

"Dann bist du nicht dumm. Nur die Dummen glauben, dass sie klug sind und die Klugen wissen, dass sie es nicht sind."

Nolan war verwirrt und unfähig, diese einfache Weisheit zu verstehen. Seine Gedanken kreisten.

Der Fuchs neigte leicht den Kopf und begann: "Weißt du, Nolan, das, was ich gerade gesagt habe, könnte man als Paradoxon bezeichnen. Ein Paradoxon ist eine

Aussage, die sich selbst widerspricht oder das Gegenteil beweist. Zum Beispiel, wenn jemand sagt, 'Ich lüge immer', dann führt diese Aussage dazu, dass..."

"Genug", unterbrach ihn der Hund.

Der Fuchs senkte leicht den Kopf, ohne jedoch den Blick von Nolan abzuwenden. "Ach, die Welt ist voller Widersprüche, und vielleicht ist es gerade das, was sie so lebenswert macht."

"Du bist raffinierter, als ich dachte. Wahrscheinlich sogar raffinierter als alle denken." Nolan war fasziniert von ihm.

Der Fuchs nahm das Kompliment kommentarlos hin und setzte sich ein wenig aufrechter hin, seine Augen noch immer auf Nolan gerichtet. "Raffinesse, Nolan, bedeutet, die richtigen Entscheidungen zur richtigen Zeit zu treffen. Bei der Jagd geht es nicht nur um Kraft oder Schnelligkeit. Es geht um List, um Geduld, um das genaue Beobachten. Es geht darum, zu wissen, wann man sich zeigt und wann man sich versteckt. Ein guter Räuber weiß, dass er seine Energie nicht verschwenden darf. Die Kunst besteht darin, im richtigen Moment zuzuschlagen – und zu warten, wenn es noch nicht so weit ist."

Der Fuchs

Der Hund schaute den Fuchs an und fragte: "Warum, Fuchs, wendet Nolan diese Raffinesse nur in seinem Job an und lässt sie immer vor der Tür, wenn er das Haus betritt?"

Nolan schwieg einen Moment, bevor er schließlich selbst darauf antwortete. "Ich... ich weiß es nicht genau", begann er, seine Stimme unsicher. "Vielleicht wollte ich vermeiden, dass sie sich bevormundet fühlt. Ich dachte, es wäre besser, ihr Raum zu lassen, ihr die Entscheidungen zu überlassen, anstatt mich einzumischen."

Der Fuchs schüttelte leicht den Kopf, seine Augen funkelten wissend. "Das ist zu einfach, Nolan. Du suchst nur eine Ausrede. Du hast dich nicht angepasst. Raffinesse bedeutet, sich auf die Situation einzulassen, flexibel zu sein und das Richtige zu tun, nicht aus Bequemlichkeit zurückzuziehen. Du hast dich nur an den Regeln des Jobs orientiert, aber zu Hause hast du die notwendige Flexibilität verloren, weil du Angst hattest, dich der Unsicherheit zu stellen."

Der Fuchs sprach weiter, seine Stimme sanft, aber bestimmt: "Angst ist etwas ganz Natürliches, Nolan. Ohne Angst wäre unser Leben schnell vorbei. Sie schützt uns, sie hält uns davon ab, unnötige Risiken einzugehen. Aber deine Angst war eine andere. Du hattest Angst, die Kontrolle zu verlieren – also hast du sie ihr überlassen, ohne sie zu fragen. Du hast die Verantwortung auf sie abgewälzt, weil du es nicht ertragen konntest, loszulassen. Und sie? Sie hat sich angepasst, weil sie sah, wie unsicher du warst. Sie wollte dich nicht noch weiter verunsichern, indem sie die Führung übernahm.

Anpassungsfähigkeit bedeutet, jeden Tag, jede Stunde Entscheidungen zu treffen, die sich auf die beziehen, die einem wichtig sind. Es geht nicht darum, wer die Kontrolle hat, sondern darum, wer den Mut hat, sich anzupassen. Oder glaubst du wirklich, dass du allein auf dieser Welt bist? Was denkst du, wer gerade meine Jungen bewacht, während ich hier bin?" Nolan schaute den Fuchs an, nachdenklich und auch etwas beschämt.

"Ich habe nie wirklich darüber nachgedacht", murmelte er. "Ich habe immer versucht, alles zu kontrollieren – meine Arbeit, mein Leben. Aber ich habe vergessen, dass Anpassung auch bedeutet, manchmal loszulassen." Der Fuchs nickte leicht, ein Funkeln in seinen Augen. "Genau das, Nolan. Anpassung ist kein Zeichen von Schwäche, sondern von Stärke. Die Fähigkeit, sich zu ändern – und darauf zu vertrauen, dass die Welt sich weiterdreht, auch ohne deine Kontrolle."

Nolan spürte, wie sich etwas in ihm zu bewegen begann. Vielleicht war es das erste Mal, dass er wirklich verstand, was es bedeutete, Kontrolle abzugeben, ohne sich schwach zu fühlen.

Der Fuchs betrachtete Nolan weiterhin aufmerksam, als wolle er sicherstellen, dass seine Worte auch wirklich ankommen. "Weißt du, Nolan, wenn du die Kontrolle abgibst, dann entstehen Räume für Neues. Dinge, die du nie zugelassen hast, weil du alles unter Kontrolle halten wolltest. Aber was ist mit deiner Neugier? Hast du sie je zugelassen? Was hat dich neugierig gemacht? Was hast du nie ausprobiert, weil du Angst hattest, die Kontrolle zu verlieren?"

Nolan starrte ins Leere, seine Gedanken drifteten ab. Es gab viele Momente, in denen er neugierig gewesen war. Dinge, die er tun wollte, Orte, die er besuchen wollte, Ideen, die er mit ihr teilen wollte. Aber er hatte sie nie ausgesprochen. Warum eigentlich? Vielleicht, weil er Angst hatte, zu scheitern oder etwas falsch zu machen. Vielleicht, weil er dachte, dass er der Starke sein muss – der, der alles zusammenhält. Aber jetzt verstand er, dass das nur eine Ausrede war – eine, die ihn davon abgehalten hatte, seine Neugier zuzulassen und gemeinsam mit ihr Neues zu entdecken. "Neugier ist der Beginn jeder Veränderung", sagte der Fuchs ruhig. "Es ist die Fähigkeit, das Unbekannte zuzulassen, ohne zu wissen, was dabei herauskommt. Wenn du neugierig bist, dann öffnest du dich der Welt – und das ist es, was dich lebendig macht."

Nolan dachte über die Worte des Fuchses nach. Wenn er die Kontrolle abgab, dann konnte wieder etwas Neues entstehen. Doch was hieß es, wirklich zu leben? Er fühlte einen Stich in seiner Brust, als ihm klar wurde, dass seine Frau nicht ihn als Person verlassen hatte – sie hatte lediglich die Beziehung begraben, weil es nichts mehr Lebendiges darin gab.

Der Fuchs setzte mit einem leichten Lächeln nach: "Weißt du, Nolan, ich halte meine Neugier immer im Hinterkopf. Und wenn sich eine Gelegenheit ergibt, dann improvisiere ich, um diese Neugier auszuleben." Er hob den Kopf leicht und blickte in die Ferne, als würde er sich an einen besonderen aufregenden Moment zurückerinnern. "Einmal war da dieser Bauernhof, umgeben von einem hohen, festen Zaun. Der Zaun schien fast wie eine Herausforderung zu sein, eine Art Grenze, die meine Neugier geweckt hatte. Ich war einfach zu neugierig, um nicht herauszufinden, was sich dahinter verbarg. Was für Geheimnisse könnten dort versteckt sein? Also habe ich mich hineingeschlichen, ganz leise, auf Zehenspitzen, und habe es geschafft, über den Zaun zu klettern. Der Boden war weich von Stroh und duftete nach altem Heu. Es roch nach Abenteuer."

Der Fuchs machte eine dramatische Pause und seine Augen schienen vor Belustigung zu funkeln, als er weitersprach. "Ich bin durch den Hof geschlichen, habe mich vorsichtig an der Scheune entlang bewegt, den Geruch von Holz und Getreide in der Nase. Die Tür stand einen Spalt offen – also schlich ich mich hinein. Drinnen war es dunkel und ruhig. Es gab ein paar Säcke mit Getreide, einen alten Traktor, der mit Staub bedeckt war, und verschiedene Werkzeuge, die an den Wänden hingen. Es war alles so friedlich – ich fühlte mich fast ein wenig wie der König des Bauernhofs, der Entdecker, der die Geheimnisse aufdeckt, die niemand sonst sieht."

Er grinste breit und schüttelte leicht den Kopf. "Doch plötzlich hörte ich ein Geräusch. Ein leichtes Scharren, dann ein Meckern. Ich drehte mich um und da waren sie – die Ziegen. Aber das waren keine normalen Ziegen. Diese Tiere hatten einen Blick in den Augen, als ob sie genau wüssten, dass ich da nicht hingehörte. Sie sahen mich an, und ich konnte förmlich spüren, wie sie sich verschworen, um mich zu vertreiben. Bevor ich es richtig begriff, hatten sie angefangen, auf mich zuzustürmen. Ihre Hufe klapperten auf dem Boden, und ihre Augen funkelten wütend. Das war kein Spiel – sie waren richtig bösartig."

Der Fuchs lachte, während er fortfuhr: "Ich sage dir, diese Ziegen haben mich quer über den gesamten Hof gejagt. Ich bin gesprungen, habe Haken geschlagen, versucht, sie abzuschütteln, aber sie waren unerbittlich. Einer von ihnen – ein großer, grauer Bock – versuchte sogar, mir den Weg abzuschneiden. Ich musste all meine Schnelligkeit und Wendigkeit einsetzen, um ihnen zu entkommen. Ich rannte so schnell, dass ich förmlich über den Boden flog, und schließlich – mit einem letzten Satz – schaffte ich es über den Zaun und in Sicherheit. Mein Herz pochte, und ich fühlte das Adrenalin in meinen Adern. Es war knapp gewesen, sehr knapp sogar, aber ich war entkommen."

Er seufzte und sah Nolan direkt an. "Und weißt du was? Trotz der Gefahr, trotz der wütenden Ziegen und der Angst, gefangen zu werden – ich bereue es kein bisschen. Denn in diesem Moment habe ich gelebt, wirklich gelebt. Es war aufregend, es war gefährlich, aber es war auch das, was meine Neugier ausmacht. Wenn ich diese Neugier nicht hätte, wenn ich nicht manchmal über den Zaun schauen würde, dann wäre mein Leben bedeutend langweiliger. Es geht darum, die Gelegenheiten zu nutzen, die sich bieten, und bereit zu sein, zu improvisieren, wenn es notwendig ist."

Der Fuchs grinste erneut, als er weitersprach. "Weißt du, während ich da über den Hof rannte, meine Haken schlug und versuchte, diesen verdammten Ziegen zu entkommen, wurde ich nicht nur von den Ziegen beobachtet. Meine Füchsin und unsere kleinen Jungen hatten einen sicheren Platz am Waldrand gefunden, von wo aus sie alles genau sehen konnten. Meine Füchsin war nicht sonderlich beeindruckt – sie hielt nicht viel von meinen waghalsigen Abenteuern und nannte es meistens nur 'unnötiges Risiko'. Ich glaube, sie hat die ganze Zeit nur den Kopf geschüttelt, während sie mir zusah, wie ich versuchte, meinen Schwanz zu retten."

Er lachte leise, ein warmes, humorvolles Lachen. "Aber unsere kleinen Füchse – die fanden es großartig. Für sie war ich der Held, der gegen eine Herde wütender Ziegen kämpfte. Und glaub mir, sie haben mich damit noch Wochen später aufgezogen. Jedes Mal, wenn ich aus dem Wald kam, riefen sie: 'Na, Papa, gibt es Neuigkeiten von den Ziegen?' Sie lachten laut und ahmten die Ziegen nach, sprangen herum und stießen sich mit ihren Köpfen an, um mich zu necken."

Der Fuchs

Der Fuchs lächelte liebevoll bei der Erinnerung an seine Jungen. "Ja, es war peinlich, und ja, meine Füchsin hielt es für unnötig. Aber weißt du was? Ich würde es wieder tun. Diese Momente – das Risiko, die Gefahr, die Aufregung – das ist es, was mich lebendig macht. Und die Freude in den Augen meiner Jungen, wenn sie über meinen Fluchtversuch lachen, macht all das Risiko wert. Denn am Ende geht es darum, das Leben zu spüren, und manchmal bedeutet das eben auch, über Zäune zu klettern und vor Ziegen davonzulaufen."

Der Fuchs setzte sich auf seine Hinterbeine und lächelte breit. "Das ist es, was mich lebendig hält, Nolan. Die Welt ist voller Möglichkeiten, die darauf warten, entdeckt zu werden. Man muss nur den Mut haben, neugierig zu sein, Risiken einzugehen und dann – wenn es sein muss – schnell genug zu rennen."

Nolan hatte Tränen in den Augen, als er an seine eigenen Zäune dachte, die er mit ihr gemeinsam überwinden konnte.

Er erinnerte sich daran, wie sie einmal zusammen in ein Kettenkarussell gestiegen waren. Es war auf einem kleinen Jahrmarkt, irgendwo am Rande der Stadt. Die bunten Lichter der Fahrgeschäfte glitzerten im Dunkeln, die Luft war erfüllt vom Duft nach Zuckerwatte, gebrannten Mandeln und der fröhlichen Musik der Karussells. Sie schlenderten gemeinsam über den Jahrmarkt, Hand in Hand, hatten gelacht und die unbeschwerte Atmosphäre genossen. Dann sahen sie das Kettenkarussell – es drehte sich in großen, majestätischen Kreisen, und die Sitze schaukelten hoch oben im Wind. Schon als er den Anblick der schaukelnden Sitze sah, spürte Nolan, wie seine Höhenangst in ihm aufstieg. Ein beklemmendes Gefühl machte sich in seiner Brust breit, als er beobachtete, wie die Menschen in den Sitzen schrien – vor Freude, aber auch ein wenig vor Nervenkitzel.

Doch seine Frau hatte ihn ermutigt: "Komm schon, das schaffen wir! Es wird Spaß machen!" Sie strahlte ihn an, ihre Augen voller Abenteuerlust, und bevor er wusste, wie ihm geschah, nickte er langsam. Er wollte ihr diesen Moment nicht verderben, wollte stark sein, auch wenn seine inneren Zweifel lauter wurden. Also hatte er sich überwunden und war eingestiegen.

Sie setzte sich in den Sitz hinter ihm, und er fühlte die kühle Berührung der Metallketten in seinen Händen, als er sich festhielt. Schon bei den ersten Bewegungen des Karussells spürte Nolan, wie sein Herz schneller schlug, als die Sitze immer höher stiegen. Der Wind wehte um seine Ohren, und die ganze Welt schien sich um ihn zu drehen. Die Höhenangst war wie ein kalter Griff, der seine Brust umklammerte. Er klammerte sich an die Ketten, seine Knöchel wurden weiß, seine Augen weit aufgerissen, und er versuchte, nicht nach unten zu blicken. Die Geräusche um ihn herum wurden dumpf, die Rufe der anderen, das Lachen, das Kreischen – all das schien weit weg, und die einzige Realität war das Gefühl der Panik, das sich in ihm breitmachte.

Doch immer wieder, bei jeder Runde, kam sie mit viel Schwung näher. Sie neckte ihn, rief lachend seinen Namen, um seine Aufmerksamkeit zu bekommen. Doch dann bemerkte sie sein Entsetzen. Sie sah, wie seine Hände sich verkrampften, wie seine Schultern sich anspannten. Ohne ein weiteres Wort zu sagen, streckte sie ihre Hand aus und griff nach seiner. Ihre Finger schlossen sich fest um seine, warm und sicher. Sie hielt sie die ganze Fahrt über fest, gab ihm das Gefühl, dass er nicht allein war. Langsam spürte Nolan, wie sich die Panik in ihm legte. Ihre Berührung schien all das Chaos um ihn herum zu beruhigen. Der Wind, die Höhe, das Drehen – all das wurde erträglicher, weil sie da war, weil sie ihm durch diese einfache Geste zeigte, dass er sicher war.

Als die Fahrt schließlich zu Ende war, stieg er aus, die Beine noch etwas zittrig. Der Boden unter seinen Füßen fühlte sich seltsam schwankend an, als ob er immer noch in der Luft wäre. Doch da war sie, seine Frau, die ihm lächelnd entgegenkam. Sie hakte sich unter seinen Arm, hielt ihn fest, damit er sicheren Halt fand, und sagte dann leise: "Ich bin so stolz auf dich. Ich hätte nicht gedacht, dass du überhaupt mitfahren würdest." Ihre Stimme war sanft, voller Wärme, und ihre Augen sahen ihn mit einer Mischung aus Anerkennung und Liebe an. Diese Worte, diese kleine Geste der Anerkennung, bedeuteten ihm damals alles. Es war nicht das Abenteuer selbst, das ihn bewegt hatte, sondern die Art und Weise, wie sie ihn unterstützt hatte, wie sie ihm Mut gemacht hatte, selbst in einem Moment der Schwäche. Sie hatte ihn nicht ausgelacht, ihn nicht herabgesetzt, sondern sie hatte seine Angst verstanden, sie hatte ihm den Raum gegeben, sich seiner Angst zu stellen, und war für ihn da gewesen.

Warum hatte er solche Momente nicht öfter zugelassen? Warum hatte er später immer wieder versucht, diese Art von Schwäche zu verbergen, anstatt sich auf sie einzulassen und die Unterstützung zuzulassen, die sie ihm immer wieder hatte geben wollen? Es war, als hätte er vergessen, dass er nicht immer stark sein musste. Dass sie ihn liebte, gerade weil er auch verletzlich sein konnte. Diese Erinnerung erfüllte Nolan mit bittersüßer Melancholie, und er wünschte sich nichts sehnlicher, als wieder in diese Zeit zurückzukehren, als ihre Hand seine gehalten hatte, als alles gut gewesen war, einfach weil sie zusammen waren.

Der Fuchs nickte bedächtig. "Vorsicht ist wichtig, Nolan. Ohne Vorsicht wäre das Leben voller unnötiger Gefahren und könnte schnell vorbei sein. Aber eine Partnerschaft bietet auch Schutz – den Schutz, den es braucht, um manchmal etwas zu wagen, um über sich hinauszuwachsen, einfach seiner Neugier zu folgen. Eine gute Partnerschaft gibt dir den Mut, dich auf das Unbekannte einzulassen, weil du weißt, dass jemand da ist, um dich aufzufangen, wenn es schiefgeht."

Der Hund lachte plötzlich laut auf. "Ja, ja, Fuchs, du und deine Weisheiten. Erinnerst du dich noch an die Ziegen?" Der Fuchs blinzelte, und ein leicht ironisches Grinsen schlich sich auf seine Schnauze. "Natürlich. Wer könnte solche bösartigen gehörnten Monster vergessen?" Selbst Nolan musste lachen. Der Gedanke an den Fuchs, der von einer Horde Ziegen quer über den Hof gejagt wurde, war zu amüsant, um ernst zu bleiben. Für einen Moment fühlte Nolan, wie sich die Schwere in seinem Inneren löste und Platz für etwas anderes machte – vielleicht für ein kleines Stück von dem, was es bedeutete, wirklich zu leben.

Der Fuchs hob seine Stimme erneut, seine Augen ernst. "Aber vergiss nie, Nolan, die Wachsamkeit ist genauso wichtig. Vorsicht ist nicht nur ein Schutzschild, sie ist auch eine Voraussetzung, um zu überleben. Für jemanden wie mich, der im Wald lebt, ist Wachsamkeit der Schlüssel zum Überleben. Ich muss wissen, wann ich jagen kann, wann ich mich verstecken muss, und wann es Zeit ist, zu fliehen. Jeder Moment der Unachtsamkeit kann mich das Leben kosten. Das gilt für uns alle – auch für dich. Bleib wachsam – nicht aus Angst, sondern um Chancen zu nutzen und Gefahren zu meiden. Aber wenn du dann deiner Neugier folgst, dann folge ihr, ohne zu zögern. Es gibt immer einen rettenden Zaun, den du aber nie aus den Augen verlieren solltest."

Nolan wollte gerade antworten, als er bemerkte, dass der Fuchs im Dickicht verschwand, einem Hasen hinterherjagend. Der Hase schlug mehrere Haken, und Nolan konnte sehen, wie beide schließlich irgendwo im Unterholz untertauchten. Der Hase tauchte kurze Zeit später wieder auf und sprang spielerisch über den

Hund, der sich mittlerweile entspannt auf den Weg gelegt hatte.

Er setzte sich auf die Hinterbeine, legte die langen Ohren an und blickte Nolan direkt an. "Ja, Wachsamkeit ist wichtig", bestätigte er die letzten Worte des Fuchses. "Aber ohne den richtigen Überlebensinstinkt bringt dir das auch nichts."

Der Hase und die Stille

Der Hase

Der Hase hob den Kopf und sah Nolan und den Hund an. "Folgt mir," sagte er plötzlich, und bevor Nolan auch nur blinzeln konnte, drehte sich der Hase um und rannte in den Wald hinein. Ohne nachzudenken, setzte sich der Hund in Bewegung, und Nolan folgte ihm, so schnell er konnte. Der Hase war flink, und Nolan hätte ihn längst aus den Augen verloren, wenn er nicht den Hund gehabt hätte, der immer wieder einen prüfenden Blick zurückwarf, um sicherzustellen, dass Nolan ihm folgte.

Die Bäume rauschten um Nolan herum, der Boden federte unter seinen Füßen, und das Licht der Nacht schien durch die Äste und Blätter den Weg zu weisen. Nolan spürte, wie sein Atem schwerer wurde, und ein Gefühl der Freiheit und gleichzeitig der Anstrengung machte sich in ihm breit. Er wusste nicht, wohin sie liefen, aber das war egal. Er vertraute darauf, dass er am Ende ankommen würde – dass der Hund ihn führen würde.

Nach einer Weile lichtete sich der Wald, und sie erreichten einen kleinen See, der silbern schimmerte. Hier endete der Wettlauf. Der Hase blieb stehen, drehte sich ein paar Mal im Kreis, als wollte er den perfekten Platz finden, bevor er sich an den Rand des Sees setzte und aufs Wasser blickte. Seine langen

Der Hase

Ohren stellten sich hoch auf, und er wartete, bis Nolan angekommen war.

Nolan, leicht außer Atem, kam zum Stehen und blickte auch auf den See.

Der Hase sprach leise, fast ehrfürchtig: "Siehst du diesen Ort? Er ist voller Stille. Das Wasser, das sich kaum bewegt, die Bäume, die schützend ringsum stehen. Hier lebe ich, und ich möchte nirgendwo anders sein. Die Welt ist laut und unbeständig, aber hier, an diesem Ort, finde ich alles, was ich brauche. Die Stille gibt mir Kraft. Sie lässt mich wachsen und das Leben wirklich spüren."

Der Hase drehte sich zu Nolan und sah ihn direkt an. "Wann hast du das letzte Mal die Stille genossen, Nolan?"

Nolan überlegte und fand einfach keine Antwort darauf. Selbst wenn er allein gewesen war, war es nie wirklich still. Sein Innerstes schien andauernd etwas von sich zu geben - Gedanken, Sorgen, Pläne, die sich überlagerten, ja, es schien fast, als schreie er sich selbst an. Wann war das letzte Mal, dass er wirklich Stille erlebt hatte?

Er erinnerte sich an ihren ersten Urlaub zusammen. Es war ein besonderer Urlaub, anders als alle anderen

Reisen, die sie später unternommen hatten. Sie hatten beschlossen, an ihren Geburtsort zu fahren, und das bedeutete für sie, in die Vergangenheit einzutauchen, Erinnerungen wieder aufleben zu lassen und die Orte zu besuchen, die für sie als Kind eine besondere Bedeutung gehabt hatten. Er wusste noch, wie aufgeregt sie gewesen war, als sie ihm von dem See erzählte, den sie unbedingt mit ihm besuchen wollte. Sie hatte von den Sommern erzählt, die sie als Kind dort verbracht hatte – von den Picknicks, den Spielen am Ufer, dem Lachen und der Unbeschwertheit ihrer Kindheit.

Der See, an dem sie schließlich ankamen, war erheblich größer und bekannter als dieser kleine Tümpel hier, an dem Nolan jetzt stand. Es war ein weitläufiger See, umgeben von sanften Hügeln, die in der Ferne in die majestätischen Berge übergingen. Das Wasser glitzerte im Sonnenlicht wie unzählige kleine Diamanten, und es hatte eine Tiefe und Weite, die ihm damals beinahe den Atem genommen hatte. Sie hatten sich an einer abgelegenen Stelle des Ufers niedergelassen, weit weg von den anderen Besuchern, die in den wärmeren Stunden des Tages hierhergekommen waren. In den sommerlichen Abendstunden jedoch, als die Sonne tief stand und die Luft eine angenehme Kühle angenommen hatte, waren sie ganz allein dort.

Der Hase

Sie saßen nebeneinander auf einer weichen Decke, die sie mitgebracht hatten, und ließen die Füße ins warme, seichte Wasser tauchen. Er erinnerte sich, wie sich das Wasser um seine Knöchel schmiegte, sanft und beruhigend, während sie beide einfach nur dort saßen. Der See lag still vor ihnen, und das Licht der untergehenden Sonne tauchte die Szenerie in ein goldenes Leuchten. Das Glitzern des Wassers spiegelte sich in ihren Augen wider, und er sah sie an, sah das Lächeln auf ihren Lippen, das so viel mehr ausdrückte als Worte es je könnten.

Sie hatten nicht viel gesprochen – es brauchte keine Worte. Sie saßen einfach da und schauten auf das glitzernde Wasser und die bergige Landschaft auf der anderen Seite. Die Berge erhoben sich in der Ferne, ihre Silhouetten wurden langsam dunkler, während die Sonne sich ihrem Untergang näherte. Um sie herum war es still – eine Stille, die nicht bedrückend war, sondern eine, die erfüllte. Eine Stille, die wie eine warme Decke um sie lag, die sie beide in diesem Moment schützte. Und das Wichtigste: In ihm war es still. Er erinnerte sich daran, wie selten solche Momente waren – Momente, in denen er keine Gedanken hatte, keine Zweifel, keine Stimmen, die in seinem Kopf miteinander stritten und ihn zerrissen. Nur dieser Moment, diese Ruhe, dieses Glück. Es war, als ob die Welt für einen Augenblick aufgehört hatte, sich zu drehen. All die Sorgen, all die Erwartungen, all der Druck – sie existierten nicht mehr. Da war nur noch das leise Plätschern des Wassers, das sanfte Rauschen des Windes, der durch die Bäume am Ufer strich, und das Gefühl ihrer Hand, die sich langsam in seine schob.

Er spürte immer noch, wie ihre Finger sich um seine schlossen, sanft, beruhigend. Sie hatte ihn nicht angesehen, sie hatte weiter auf das Wasser geblickt, doch dieses kleine Zeichen der Zuneigung hatte gereicht. Es war, als wollte sie ihm sagen: "Wir sind hier. Nur du und ich. Das allein zählt." Und tatsächlich war es alles, was zählte. In diesem Moment hatte er das Gefühl, dass nichts sie trennen konnte, dass nichts wichtiger war als diese Ruhe, diese Verbundenheit. Er erinnerte sich daran, wie er damals tief eingeatmet hatte, den Duft des Wassers, der nahen Kiefern und der sommerlichen Abendluft in sich aufnehmend, und wie er sich zum ersten Mal seitlanger Zeit wirklich leicht gefühlt hatte.

Dieses Gefühl der Leichtigkeit, der Freiheit von all den Lasten, die er sonst mit sich herumtrug – das war es, was ihm jetzt so sehr fehlte. Dieser Moment am See war mehr als nur eine schöne Erinnerung, er war ein Symbol für das, was möglich war, für die Ruhe und das

Glück, die er in seinem Leben verloren zu haben schien. Er sehnte sich nach dieser Stille, nach dieser inneren Ruhe, nach dem Gefühl, dass alles gut war, einfach weil sie zusammen waren.

Wie damals vor der Mona Lisa. Würde er das je wieder erleben können?

Der Hase nickte. "Ja, ich kann die Lautstärke deiner Gedanken förmlich spüren, Nolan", sagte er sanft. "Aber weißt du, Sanftheit ist es, was mein Leben lebenswert macht und die Basis aller Stille ist. Hier im Wald gibt es viele Gefahren. Raubtiere, die auf der Jagd sind, Menschen, die Fallen stellen, und das Wetter, das sich schnell ändern kann. Doch trotz all dieser Risiken, oder vielleicht gerade wegen ihnen, habe ich gelernt, dass Sanftheit mein Leben bestimmt. Sie hält mich im Gleichgewicht, wenn alles um mich herum aus den Fugen geraten könnte."

Der Hase blickte auf den See hinaus, seine Ohren jetzt leicht gesenkt. "Sanftheit bedeutet für mich, mit dem Fluss des Lebens zu gehen, ohne gegen jede Gefahr und Herausforderung anzukämpfen. Es bedeutet, auch die kleinen Dinge wahrzunehmen — die Ruhe des Wassers, das Rascheln der Blätter, die Wärme eines Sonnenstrahls, der sich durch die Äste stiehlt. Diese

Sanftheit, Nolan, macht mich glücklich. Sie lässt mich die Gefahren akzeptieren, ohne mich von ihnen überwältigen zu lassen. Sie ist die Grundlage meines Daseins, die mir hilft, nicht nur zu überleben, sondern zu leben."

Er sah Nolan wieder an. "Vielleicht fehlt dir diese Sanftheit, aber es gibt Momente, in denen du die Dinge einfach so nehmen musst, wie sie sind, und sanft durch sie hindurchgehen musst. Dann wirst du erkennen, dass das Leben selbst genug ist."

Nolan dachte an den sanften Edelmut seiner Frau. Wie sie auch in den anstrengendsten Phasen immer sanft geblieben war. Er erinnerte sich daran, wie sanft ihre Haut war, wie er ihre Hand im Kettenkarussell gespürt hatte, als sie ihm Halt gab. Und ihr sanfter Blick, wenn sie in ihrem Ohrensessel saß und ihn beobachtete. Sie hatte vielleicht ihre eigenen Gedanken, Zweifel, und Sorgen, aber sie strahle immer diese Ruhe aus, die er nie finden konnte. Oder nie bereit war, sie zu suchen.

"Genau das, Nolan. Sanftheit bedeutet nicht Schwäche – sie kann sowohl schützen als auch Stärke zeigen. Sie ermöglicht es uns, unsere Ängste zu akzeptieren, ohne von ihnen überwältigt zu werden. Es ist die Balance, die wir alle brauchen, um wirklich zu leben. Im Wald bedeutet Sanftheit, das Leben zu schätzen, die kleinen Dinge wahrzunehmen und gleichzeitig wachsam zu bleiben. Aber sie gibt mir auch die Kraft, in schwierigen Zeiten nicht aufzugeben. Das macht mich glücklich und auch du kannst dieses Glück erreichen, wenn du es dich erreichen lässt. Dein Leben ist gerade ist wie eine Mauer. Aber jeder sanfte Wellengang hat über die Jahre hinweg selbst die größten Hindernisse fortgespült. Lass das einfach zu und baue keine neuen Stützpfeiler, aus Angst, du könntest in dem Strom, der dich erreicht, untergehen."

Nolan runzelte die Stirn und sah den Hasen an. "Was meinst du mit dem Wellengang?" fragte er. Der Hase sah kurz zum Hund, der daraufhin zu Nolan sprach. "Nicht was, wen!" sagte der Hund mit Nachdruck.
Nolan hielt inne – und verstand. Der ständige Wellengang, der die Mauern seines Inneren berührte, war seine Frau gewesen. Sie hatte immer versucht, seine inneren Blockaden zu lösen, sanft und unermüdlich. Und er? Er hatte immer wieder neue Stützen gesetzt, neue Barrieren aufgebaut, aus Angst vor dem Unbekannten, vor dem, was hinter diesen Mauern liegen könnte. War es übertriebene Vorsicht gewesen? Hatte er sich dadurch selbst eingeschlossen? Jetzt, in der Stille des Waldes, begriff Nolan, wie sehr er diese Sanftheit abgelehnt hatte.

Der Hase fuhr ruhig, aber bestimmt fort. "Vorsicht, Nolan, ist die Abwehr einer drohenden Gefahr – nicht die Abwehr einer Chance. Es gibt einen großen Unterschied zwischen den beiden. Wenn du jede Situation mit Vorsicht betrachtest, dann versperrst du dir selbst die Möglichkeit, Chancen wahrzunehmen und zu nutzen. Manchmal musst du erkennen, wann Vorsicht dir hilft und wann sie dich davon abhält, wirklich zu leben."

Nolan dachte darüber nach, ob er manchmal übervorsichtig gewesen war und deswegen eine Chance verpasst hatte. Doch er konnte sich an keinen konkreten Moment erinnern. Sein Leben schien ihm eine Abfolge von Sicherheitsmaßnahmen, Regeln und Absicherungen gewesen zu sein, aber wo waren die Chancen? Wo waren die Momente, in denen er die Risiken bewusst eingegangen war?

Der Hase fragte: "Sag mir, Nolan, wie hast du es geschafft, mir im Dunkel des Waldes zu folgen, ohne zu stürzen?" Nolan sah ihn verwirrt an. "Hattest du die Vorsicht vergessen, die du sonst immer beim Joggen hast, wenn du nur auf den Boden schaust, um nicht zu stolpern? Oder hast du die Chance gesehen, sie ergriffen – und die Stille dieses Ortes als Belohnung erhalten?"

Nolan schwieg. Es stimmte – er hatte nicht darüber nachgedacht, nicht auf jeden einzelnen Schritt geachtet. Er hatte einfach darauf vertraut, dass er nicht fallen würde.

Der Hund kam etwas näher. "Glaubst du wirklich, dass ich immer vorsichtig bin, wenn wir spielen?" fragte er. "Wie oft bin ich vom Sofa gefallen, wie oft bin ich gegen den Zaun gerannt, und wie oft bin ich auf den Fliesen in der Küche ausgerutscht? Das ist mir alles egal, weil ich einen wichtigen Bestandteil meines Lebens nie verlieren möchte, Nolan – etwas, das du längst verdrängt hast: Gib den Chancen eine Chance, dein Leben zu bereichern."

Nolan protestierte sofort: "Aber ich habe doch meine wöchentliche Fernschachpartie!"

Der Hase und der Hund schauten sich kurz an, dann drehten sie sich gleichzeitig zu Nolan und fragten unisono: "Im Ernst?" Nolan wurde leicht verlegen. Er erinnerte sich an mehrere Situationen, in denen seine Frau mit ihm etwas spielen wollte. Da war das Memory-Spiel, das sie an einem regnerischen Sonntagnachmittag vorgeschlagen hatte. Sie hatte alles liebevoll vorbereitet, die Karten mit den bunten Motiven sorgfältig auf dem Tisch ausgebreitet. Ihre

Augen hatten gefunkelt, während sie darauf wartete, dass er sich zu ihr setzte. Doch Nolan hatte nur kurz hingeschaut und abgewunken. "Das ist doch was für Kinder", hatte er gesagt und sich wieder in seine Arbeit vertieft. Jetzt, in der Erinnerung, sah er ihr enttäuschtes Gesicht vor sich, wie sie kurz die Lippen zusammenpresste, bevor sie ein Lächeln erzwang und die Karten langsam wieder einsammelte. Es war, als ob er damals den Moment verpasst hatte, einfach unbeschwert mit ihr zu sein, und dieses Gefühl nagte nun an ihm.

Dann war da das Nummernschilder-Raten auf der Autobahn. Sie hatten eine lange Fahrt vor sich gehabt, und seine Frau hatte versucht, die Stimmung aufzulockern. "Schau mal, wie viele unterschiedliche Nummernschilder wir finden können! Vielleicht schaffen wir das ganze Alphabet!" Sie hatte gelacht, ihre Freude war so ansteckend gewesen.

Doch Nolan hatte nur die Stirn in Falten gelegt. "Das ist doch langweilig", hatte er geantwortet, ohne ihren Enthusiasmus zu bemerken. Stattdessen hatte er sich auf die Straße konzentriert, jede Ablenkung von der eintönigen Fahrt als störend empfunden. Er erinnerte sich daran, wie sie dann still geworden war, ihren Blick zum Fenster gewandt hatte, während sie an der vorbeiziehenden Landschaft vorbeischaute. Er hatte das Schweigen damals nicht wirklich bemerkt.

Jetzt, in der Rückschau, erkannte er, dass es ihr nicht um das Spiel ging, sondern um die Verbindung, die es schaffen sollte.

Und dann war da noch das Badminton-Spiel im Park. Es war ein wunderschöner Frühlingstag gewesen, die Sonne hatte geschienen, und sie hatten beschlossen, gemeinsam in den Park zu gehen. Sie hatte zwei Schläger und einen Federball mitgebracht, bereit, ihn herauszufordern. "Komm schon, das wird Spaß machen!" hatte sie gesagt, ihr Lächeln war voller Freude und Abenteuerlust. Doch Nolan hatte die Schläger skeptisch betrachtet und den Kopf geschüttelt. "Was, wenn ich stürze? Oder wenn ich mir den Knöchel verstauche?" Er erinnerte sich daran, wie ihre Schultern leicht sanken, wie ihr Lächeln verblasste, und sie dann mit einem fremden Kind gespielt hatte, während er auf einer Parkbank saß und zuschaute. Er hatte sich damals eingeredet, dass er vorsichtig sein musste, dass es besser war, kein Risiko einzugehen. Aber jetzt verstand er, dass es nicht um das Risiko gegangen war. Es war ihre Art gewesen, ihm zu zeigen, dass das Leben auch leicht und verspielt sein konnte – wenn man es zuließ.

Während er sich an all diese Momente erinnerte, spürte er, wie seine Verlegenheit wuchs. Er sah all die verpassten Chancen, die kleinen Gelegenheiten, bei denen er hätte zeigen können, dass er auch unbeschwert sein konnte, dass er bereit war, sich auf sie einzulassen, egal wie banal oder kindisch es ihm erschien. Vielleicht hatte er tatsächlich vergessen, wie es war, einfach nur zu spielen, ohne an morgen oder an die Konsequenzen zu denken. Seine Frau hatte versucht, diese Leichtigkeit in ihr gemeinsames Leben zu bringen, aber er hatte sie abgeblockt – aus Angst, aus Gewohnheit, vielleicht auch, weil er stets die Kontrolle behalten wollte. Jetzt, mit dem Hund an seiner Seite und der Dunkelheit des Waldes um ihn herum, fragte er sich, wie anders ihr Leben hätte sein können, wenn er einfach einmal nachgegeben hätte, wenn er einfach nur gespielt hätte, ohne sich Gedanken zu machen. Es war ein schmerzlicher Gedanke, denn er wusste, dass es Momente waren, die er nie zurückholen konnte.

Der Hase rief plötzlich "Fang mich!" und rannte los, direkt durch Nolans Beine, um ihn herum, bevor er in den Wald verschwand. Der Hund sprang auf, bellte aufgeregt und jagte ihm hinterher. Nolan stand für einen Moment da und sah sich das Spektakel verwundert an. Dann spürte er plötzlich einen Stoß von hinten, als der Hund ihm spielerisch in die Kniekehlen sprang, sodass Nolan das Gleichgewicht verlor und zu Boden ging.

Etwas in ihm regte sich, und er sprang auf. Ohne nachzudenken, rannte er dem Hund und dem Hasen hinterher, quer durch den Wald, mit einem Lachen, das ihm entwich, ohne dass er es kontrollieren konnte. Der Wind pfiff ihm um die Ohren, seine Füße trommelten auf dem Waldboden, und für einen Moment fühlte er sich wie ein Kind, das nichts anderes wollte, als nur zu rennen. Doch bald wurde sein Atem schwer, die Erschöpfung setzte ein, und er blieb schließlich stehen, wieder am Rand des Sees angekommen.

Völlig außer Atem und erschöpft ließ sich Nolan am Ufer nieder, sein Körper schwer, aber sein Herz leicht. Es war eine seltsame Mischung aus Glück und tiefer Erschütterung, als er sich an die Momente erinnerte, die er verpasst hatte. Die Tränen schossen ihm in die Augen, und bevor er es wusste, liefen sie über sein Gesicht. Mit einem plötzlichen Aufschrei rief er in die Nacht hinaus – voller Schmerz, voller Sehnsucht: "WARUM?"

Vor ihm landete plötzlich eine Ente im Wasser. Die Paddeln nach vorne gestreckt, spritzte sie Nolan leicht mit Wasser voll, als sie sich platschend ins Wasser setzte. Sie schüttelte ihre Federn, sah ihn an und quakte in übertriebener Lautstärke zurück:

"Warum? Warum? Warum?"

Die Ente und die Balance

Die Ente

Nolan war genervt von der Ente, die ihn nachmachte.

Er sprang auf: "Arrogantes Federvieh", entfuhr es ihm, und sofort tat es ihm leid. Doch es war zu spät, die Ente hatte es gehört.

Sie schwamm im Kreis und begann laut zu singen: "Versuchs mal mit Gelassenheit, mit Ruhe und Gelassenheit, wirf alle deine Sorgen über ..."

"Gemütlichkeit. Das Lied geht anders", unterbrach Nolan sie seufzend.

"Arrogantes Anzugvieh", konterte die Ente und drehte sich erneut. Nolan gab sich geschlagen und setzte sich zurück ans Ufer. Der Hund, der die Szene beobachtet hatte, mischte sich ein: "Nun erklär ihm das mit der Gelassenheit, Ente. Er will etwas lernen, und dafür sind wir schließlich hier."

Die Ente nickte, plusterte sich ein wenig auf und schwamm langsam zu Nolan herüber. "Gelassenheit bedeutet, nicht auf jeden Windstoß und jede kleine Welle zu reagieren," begann sie. "Wenn ich ständig panisch auf jede Veränderung im Wasser reagieren würde, könnte ich nicht ruhig schwimmen, ich könnte nicht jagen, ich könnte nicht leben. Für mich als Ente ist es wichtig, mit den Gegebenheiten zu gehen, mich nicht ständig aus der Ruhe bringen zu lassen. Der Wind weht, das Wasser strömt, und ich schwimme einfach weiter.

Gelassenheit heißt, die Dinge zu akzeptieren, die du

nicht ändern kannst, und das Beste daraus zu machen. Ohne Gelassenheit würde ich niemals durch den Tag kommen – es gäbe einfach zu viele Störungen, zu viele Dinge, die mich ablenken könnten."

Die Ente sah Nolan eindringlich an. "Du bist ständig auf der Suche nach Kontrolle, aber manchmal ist die beste Kontrolle, nichts zu kontrollieren. Einfach treiben lassen, Nolan. Manchmal musst du nur schwimmen."

Nolan runzelte die Stirn und erwiderte: "Das ist leichter gesagt als getan, wenn das Meer hohen Wellengang hat – so wie in meinem Leben."

Die Ente lächelte, fast ein wenig mitleidig, und schwamm erneut eine kleine Runde, bevor sie weitersprach. "Je höher die Wellen werden, desto mehr lasse ich mich treiben. Weißt du, Nolan, ein Boot wird kentern, wenn es versucht, vor einer riesigen Welle davonzuschwimmen. Aber wenn es ruhig auf die Welle zugeht, wird es emporgehoben und gleitet am Höhepunkt langsam wieder nach unten. Man muss sich nur gut festhalten und darf keine wilden Bewegungen am Ruder machen. So überlebt man den Sturm."

Die Ente hielt kurz inne. "Erinnerst du dich an die schwierigen Zeiten in deiner Firma? Als die Einnahmen plötzlich zurückgingen und du hektisch nach anderen Einnahmequellen suchtest? Deine Frau riet dir damals, einfach an dich und dein Konzept zu glauben. Sie sagte, dass du, wenn du abschweifen würdest, für eine unsichere Alternative dein eigentliches Konzept zum Kentern bringen würdest. Und sie hatte Recht, nicht wahr?"

Nolan blinzelte verwundert und fragte sich einen Moment lang, woher die Ente das alles wusste. Doch dann schüttelte er innerlich den Kopf und entschied, es einfach so hinzunehmen. Die Ente fuhr fort: "Es geht aber nicht nur um die hohen Wellen. Die kommen zu selten vor und werden meist überschätzt. Es geht um den stetigen Wellengang. Dafür braucht man einfach Balance." Sie sah Nolan mit ihren kleinen, glänzenden Augen an, dann tauchte sie langsam ein wenig unter. Nolan beobachtete fasziniert, wie ihr Körper ruhig auf der Wasseroberfläche blieb, während sie unter Wasser kontrolliert und gleichmäßig paddelte. Ihre Bewegungen waren fast unsichtbar, so sanft und gleichmäßig, dass es aussah, als würde sie einfach auf dem Wasser schweben. Es war diese Balance, die perfekte Harmonie zwischen Anstrengung und Ruhe, die die Ente verdeutlichte.

Die Ente hob ihren Kopf wieder und sagte: "Siehst du, Nolan? Unter der Oberfläche passiert so viel. Aber von außen sieht es ruhig aus. Das ist Balance. Es bedeutet nicht, dass nichts passiert, sondern dass du lernst, es auszugleichen." Nolan nickte langsam. Er sah die Anstrengung nicht, die das ruhige Gleiten der Ente erforderte. Es wirkte so mühelos, so kontrolliert, und dennoch wusste er nun, dass auch hinter dieser Ruhe eine gewisse Arbeit steckte. Die Ente musste sich anstrengen, um die Balance zu halten, um ruhig und gelassen auf den Wellen zu schwimmen.

Nolan beobachtete sie weiter und meinte dann: "Aber der See ist doch ruhig." In diesem Moment sprang der Hund mit einem gewaltigen Satz ins Wasser. Das Platschen des Hundes brach die Stille wie ein Blitz, und das Wasser spritzte in hohen Bögen auf. Der Hund paddelte wild, seine Pfoten erzeugten kleine Wellen. Er schwamm einmal um die Ente herum, die den Kopf leicht schüttelte, dabei aber vollkommen gelassen blieb. Sie ließ sich nicht aus der Ruhe bringen, ihre Balance schien unerschütterlich.

Der Hund hingegen war voller Energie. Er pflügte regelrecht durch das Wasser. Als er schließlich wieder das Ufer erreichte, trabte er direkt zu Nolan. Vor ihm schüttelte er sich mit einer solchen Begeisterung aus, dass das Wasser in alle Richtungen flog. Nolan wurde ordentlich nass, das kalte Wasser traf ihn direkt ins Gesicht. Er hob schützend die Hände, konnte es aber nicht verhindern.

Die Ente

Der Hund murmelte vor sich hin, aber noch deutlich genug, dass Nolan es verstehen konnte: "Genau deswegen mache ich das immer genau vor dir, es ist einfach zu herrlich!"

"Siehst du, Nolan? Das ist Balance", übernahm wieder die Ente. Der Hund bringt Wellengang, er bringt Unruhe, doch es ist wichtig, darauf zu reagieren, ohne die Kontrolle zu verlieren." Sie drehte sich langsam im Wasser, die kleinen auslaufenden Wellen des Hundes plätscherten noch leicht um sie herum, doch sie blieb ausgeglichen, fast majestätisch.

Nolan wischte sich das Wasser aus dem Gesicht und sah zur Ente hinüber. Er verstand, was sie ihm zeigen wollte. Balance bedeutete nicht nur, ruhig zu bleiben, wenn alles um einen herum still war. Es bedeutete auch, die Ruhe zu bewahren, wenn das Chaos kam, wenn das Leben plötzlich unvorhersehbar wurde. Es war die Fähigkeit, sich selbst zu kontrollieren, auch wenn das Umfeld turbulent war, und in der Lage zu sein, wieder zur Ruhe zurückzufinden, sobald die Wellen sich legten.

Er dachte darüber nach, wie oft er in seinem eigenen Leben aus dem Gleichgewicht geraten war. Wie oft er die Kontrolle verloren hatte, weil unerwartete Dinge passiert waren, weil das Leben plötzlich unberechenbar geworden war. Die Ente hatte recht – es ging nicht darum, die Wellen zu verhindern, sondern darum, zu lernen, auf ihnen zu schwimmen, ohne unterzugehen. Die Balance zu halten, auch wenn alles um einen herum in Bewegung war. Das war es, was er jetzt verstehen musste.

Die Ente fuhr fort: "Wenn ich von Balance spreche, dann meine ich nicht diese moderne Idee der 'Work-Life-Balance'. Das ist so ein Konzept, das die Menschen entwickelt haben, weil sie das Gefühl haben, dass ihre Arbeit und ihr Leben nicht zusammenpassen, als müssten sie die beiden ständig gegeneinander abwägen, wie zwei Seiten einer Waage, die sich nicht im Gleichgewicht befinden. Aber für mich als Ente, und für viele andere Tiere hier ist diese Sichtweise schlichtweg unerträglich." Die Ente paddelte ruhig auf der Wasseroberfläche, während sie fortfuhr: "Diese Balance, nach der Menschen streben, ist eine künstliche Konstruktion. Sie basiert auf der Annahme, dass Arbeit und Leben getrennte Bereiche sind, dass das eine das andere ständig bedroht, dass man sie in Einklang bringen muss, damit man nicht aus dem Gleichgewicht gerät. Aber das Leben ist nicht in starre Bereiche unterteilt. Es gibt nicht die Arbeit auf der einen Seite und das 'echte Leben' auf der anderen Seite. Es gibt nur das Leben, und alles, was dazu gehört, muss in Balance sein – die Arbeit, die Erholung, die Beziehungen, die Momente der Freude und auch die Herausforderungen. Für mich ist das Leben ein Ganzes. Es gibt keine Trennung zwischen dem, was ich tun muss, um zu überleben, und dem, was ich tue, um das Leben zu genießen. Alles gehört zusammen. Wenn ich Nahrung suche, wenn ich meine Jungen beschütze, wenn ich auf dem See ruhe, um die Sonne zu genießen – all das ist mein Leben, und all das muss in Balance sein. Das Streben nach einer sogenannten Work-Life-Balance, wie die Menschen es nennen, ist so, als würde man versuchen, den See vom Wald zu trennen. Als ob das eine ohne das andere existieren könnte. Aber in Wahrheit gehören sie zusammen, sie beeinflussen sich gegenseitig, sie sind Teil eines größeren Ganzen."

Die Ente ließ ihren Blick über den See schweifen, ihre Augen schienen über die glatte Oberfläche zu gleiten. "Ich verstehe, dass Menschen arbeiten müssen, dass sie Aufgaben haben, die erledigt werden müssen. Aber die Arbeit sollte nicht als etwas betrachtet werden, das dem Leben entgegensteht. Sie ist ein Teil des Lebens, so wie das Schwimmen ein Teil meines Lebens ist. Wenn ich den ganzen Tag nur schwimmen würde, ohne zu ruhen, würde ich vor Erschöpfung untergehen. Aber wenn ich nur am Ufer sitzen würde, ohne jemals ins Wasser zu gehen, würde ich verhungern. Die Balance besteht darin, beides miteinander zu verbinden – die Arbeit und die Erholung, die Pflicht und die Freude. Es geht darum, ein Gleichgewicht zu finden, in dem all diese Dinge koexistieren, ohne dass eines das andere überwiegt."

Nolan hörte aufmerksam zu. Die Ente hatte recht – das Leben war mehr als nur eine ständige Abwägung zwischen zwei Polen. Es war ein Tanz, ein ständiges Wechselspiel von Bewegung und Ruhe, von Anstrengung und Entspannung. Es ging nicht darum, die Arbeit gegen das Leben abzuwägen, sondern das Leben als ein Ganzes zu sehen und darin die Balance zu finden. Die Ente fuhr fort: "Für uns Tiere ist das Leben einfach. Wir denken nicht darüber nach, wie wir es in Kategorien unterteilen. Wir leben einfach, und wir versuchen, dabei die Balance zu halten – zwischen dem, was wir tun müssen, um zu überleben, und dem, was wir tun, um das Leben zu genießen. Es ist das Leben, das Balance braucht, und nur wenn wir das verstehen, können wir wirklich im Gleichgewicht sein."

Die Ente machte eine kurze Pause, drehte eine Runde im Wasser und fügte hinzu: "Und Nolan, wenn du zurückschaust, wirst du feststellen, dass es immer wieder Situationen gab, in denen du diese Balance gelebt hast, ohne es wirklich zu merken."

Nolan dachte nach, und langsam wurden ihm einige dieser Momente klar:

Jeden Morgen nahm sich Nolan ein paar Minuten, um auf der Terrasse seinen Kaffee zu trinken. Er spürte den frischen Wind, hörte die Vögel zwitschern und schaute in die Ferne. Dieser Moment war sein persönlicher Ausgleich – ein Innehalten vor dem hektischen Arbeitstag. Er hatte es nie als etwas Besonderes gesehen, aber es war ein Akt der Balance – zwischen der Ruhe des Morgens und der Anstrengung des kommenden Tages.

Abends, nach einem langen Tag, ging Nolan oft mit dem Hund spazieren. Er hatte das immer als Verpflichtung gesehen, doch wenn er zurückdachte, merkte er, dass diese Spaziergänge eine Art Meditation für ihn waren. Der Hund lief vor ihm her, erkundete die Umgebung, und Nolan ließ die Ereignisse des Tages noch einmal in Gedanken Revue passieren. Der Spaziergang gab ihm die Möglichkeit, die Arbeit hinter sich zu lassen und wieder ins Leben einzutauchen. Es war ein Gleichgewicht zwischen Pflichten und einfachen Freuden.

Die Ente

An den Wochenenden nahm Nolan sich manchmal die Zeit, etwas aufwändiger zu kochen. Er wählte sorgfältig die Zutaten aus, schnitt das Gemüse, rührte in den Töpfen, und während er kochte, spürte er eine gewisse Ruhe in sich. Es war eine Tätigkeit, die ihn erdete, die ihn weg von den Zahlen und Fakten seines Arbeitsalltags führte und ihn auf etwas Einfaches und Greifbares konzentrieren ließ. Es war eine Balance zwischen der Kopfarbeit, die ihn oft erschöpfte, und der sinnlichen Erfahrung, etwas mit den eigenen Händen zu erschaffen.

Bevor er ins Bett ging, griff Nolan oft zu einem Buch. Egal, wie stressig der Tag gewesen war, dieses Ritual half ihm, den Tag hinter sich zu lassen und in eine andere Welt einzutauchen. Es war keine große Geste, aber es war ein Moment, in dem er alles andere losließ. Es war ein Akt der Balance – den Geist zu beruhigen, bevor er sich der Ruhe der Nacht hingab.

Auch wenn es nur einmal die Woche war, goss Nolan seine Zimmerpflanzen und überprüfte ihre Blätter. Diese kleine Routine, das Gefühl der frischen Erde und das Beobachten des Wachstums der Pflanzen, gab ihm eine tiefe Zufriedenheit. Er kümmerte sich um etwas Lebendiges, und auch wenn es nur wenige Minuten dauerte, half es ihm, das Gefühl zu haben, dass er etwas

Die Ente

Gutes tat, dass er Verantwortung übernahm. Es war eine Balance zwischen den Anforderungen des Alltags und der Hingabe an etwas, das langsam, stetig und friedlich wuchs.

Die Ente nickte zufrieden. "Es sind die kleinen Dinge, die die Balance ausmachen. Oft bemerken wir sie nicht, weil wir glauben, dass Balance große Anstrengungen und Pläne braucht. Aber in Wahrheit sind es die einfachen, regelmäßigen Dinge, die unser Leben im Gleichgewicht halten. Vielleicht hast du sie nie als solche wahrgenommen, aber genau das meine ich damit. Du hast die Fähigkeit, ruhig zu bleiben, mit dem stetigen Wellengang umzugehen. Jetzt musst du nur lernen, diese Balance auch in andere, größere Herausforderungen zu übertragen."

Nolan seufzte leise auf. "Nur leider fehlte mir bei ihr die Balance in unserer Beziehung."

Die Ente schien Nolans Gedanken erneut zu erahnen und sprach weiter: "Weißt du, Nolan, auch in deiner Beziehung gab es Momente, in denen du Balance gezeigt hast, auch wenn du es vielleicht nicht bemerkt hast. Lass mich dir einige dieser Momente nennen."

Die Ente

"Erinnerst du dich an die gemeinsamen Abende auf der Couch? Nach diesen langen Arbeitstagen, an denen du oft erschöpft nach Hause kamst, hast du dir immer Zeit genommen, um mit deiner Frau auf der Couch zu sitzen. Auch wenn du müde warst, hast du den Fernseher ausgeschaltet, ihr zugehört und sie über ihren Tag sprechen lassen. Vielleicht hast du es nie als etwas Besonderes angesehen, aber genau das war es — ein Akt der Balance. Du hast einen Ausgleich geschaffen zwischen der Anstrengung des Tages und dem Bedürfnis, Zeit mit ihr zu teilen, um Nähe zu schaffen."

Die Ente machte eine kurze Pause, als würde sie sicherstellen wollen, dass Nolan ihren Worten folgte, und fuhr dann fort: "Und was ist mit den Projekten, die sie immer hatte? Sei es ein neues Gartenbeet oder die Umgestaltung eines Zimmers — du warst immer an ihrer Seite, um zu helfen. Auch wenn Gartenarbeit oder Raumgestaltung nicht unbedingt deine Interessen waren, hast du dich dennoch eingebracht, mit angepackt, weil es ihr wichtig war. Das war eine echte Form der Balance — das Abwägen deiner eigenen Bedürfnisse und der Unterstützung für jemanden, den du liebst.

Erinnerst du dich auch an die gemeinsamen

Spaziergänge am Abend? Es gab viele Abende, an denen sie dich fragte, ob ihr zusammen spazieren gehen könntet, und obwohl du vielleicht lieber zu Hause geblieben wärst, hast du zugestimmt. Diese Spaziergänge waren wichtig – nicht nur, um den Kopf freizubekommen. Es war ein Moment der Balance, in dem ihr einen gemeinsamen Rhythmus gefunden habt, um gemeinsam zur Ruhe zu kommen."

Die Ente lächelte sanft, während sie fortfuhr:

"Und dann waren da die kleinen Gesten der Fürsorge. Wie oft hast du darauf geachtet, dass ihre Lieblingssnacks im Haus waren? Nach der Arbeit hast du oft etwas mitgebracht, sei es ihre Lieblingsschokolade, oder ein besonderes Brot vom Bäcker. Für dich waren es Kleinigkeiten, doch für sie bedeuteten diese kleinen Aufmerksamkeiten sehr viel. Sie zeigten, dass du an sie dachtest und dich um ihr Wohl kümmerst. Auch das war ein Zeichen der Balance – die Balance zwischen deinem eigenen Alltag und den Bedürfnissen deiner Frau."

Die Ente schwamm jetzt direkt auf ihn zu und blickte zu ihm auf.

"Auch wenn du es vielleicht nicht bewusst gemerkt

hast, Nolan, hast du oft die Balance gefunden. Die Balance in einer Beziehung besteht nicht aus großen Gesten, sondern aus den vielen kleinen, alltäglichen Dingen, die zeigen, dass man füreinander da ist, dass man einander unterstützt und sich gegenseitig Raum gibt, um zu wachsen."

Jetzt schwamm sie langsam rückwärts zurück und gab Nolan Zeit, sich selbst an diese Situationen zu erinnern.

Die Ente hielt kurz inne, ließ ihre Worte in der Stille nachklingen. Dann sprach sie weiter, ihre Stimme nun etwas weicher, fast als wollte sie eine neue Richtung einschlagen. "Weißt du, Nolan, Balance ist nicht nur eine Frage des Alltags, nicht nur etwas, das du in deinen täglichen Routinen und Beziehungen finden kannst. Balance bedeutet auch, wie du mit deinen Wünschen umgehst, mit deinen Träumen und all den Dingen, die du dir für dein Leben wünschst. Wir alle haben Wünsche, Nolan. Große und kleine. Manche dieser Wünsche sind klar, wie ein funkelnder Stern am Himmel, während andere vage sind, eher wie ein verschwommener Schatten, den man nur ahnen kann. Sie sind Teil von uns, Teil dessen, was uns antreibt, was uns motiviert."

Die Ente machte eine kleine Pause und paddelte

langsam über das ruhige Wasser, bevor sie fortfuhr: "Aber Wünsche, Nolan, sind nicht einfach nur etwas, das uns geschenkt wird. Die anderen Enten erzählen immer von diesem Weihnachtserpel, einem seltsamen Wesen, das angeblich Wünsche erfüllt. Doch weißt du, ich habe diesen Weihnachtserpel noch nie gesehen. Vielleicht gibt es ihn gar nicht, vielleicht ist es nur eine Geschichte, die man den jungen Enten erzählt, um sie zu ermutigen. Aber wenn es ihn wirklich nicht gibt, was bleibt uns dann? Es bleibt uns die Erkenntnis, dass wir unsere Wünsche selbst in die Hand nehmen müssen. Dass wir die Verantwortung für unsere Träume übernehmen müssen."

Sie drehte ihren Kopf zu Nolan, während sie sich leicht im Wasser drehte, und ihre Augen schimmerten im Licht des Mondes. "Und genau hier kommt die Balance ins Spiel. Denn Wünsche zu haben bedeutet nicht, blindlings allem hinterherzulaufen, was unser Herz begehrt. Es bedeutet, in kleinen Schritten auf unsere Träume hinzuarbeiten, mit Bedacht und Geduld. Es bedeutet, sich nicht von diesen Wünschen in die Irre führen zu lassen, sondern sie mit Weisheit und Gleichgewicht zu verfolgen. Wenn wir bei der Erfüllung unserer Wünsche die Balance halten, dann werden sie uns nicht vom Weg abbringen. Sie werden uns nicht ins Chaos stürzen, sondern uns helfen, Schritt für Schritt voranzukommen." Die Ente ließ ihren Blick über die Wasseroberfläche gleiten, als ob sie nach den richtigen Worten suchte. "Manchmal sind die Schritte klein, kaum spürbar, doch jeder dieser Schritte zählt. Und solange wir unsere Balance halten, solange wir die Wünsche nicht über alles andere stellen, solange wir uns von ihnen nicht dominieren lassen, werden sie uns auch nicht fehlleiten. Sie sind der Antrieb, aber nicht der Kompass. Der Kompass bist du selbst, und die Balance hält dich auf deinem Weg – egal, wie weit oder schwer er sein mag."

Nolan wusste, dass Wünsche wichtig waren. Aber die Art und Weise, wie er sie verfolgte, war genauso entscheidend. Die Ente hatte recht – es ging nicht darum, die Erfüllung seiner Träume zu erzwingen, sondern darum, sie mit Bedacht, Schritt für Schritt, in Einklang mit seinem Leben zu verfolgen.

Nolan ließ die Worte der Ente wirken und fragte sich, ob er überhaupt noch Wünsche zuließ, so wie er es vor zwanzig Jahren getan hatte. Damals hatte er viele Träume gehabt, klare Vorstellungen davon, was er erreichen wollte, und die Hoffnung, dass das Leben ihm noch unzählige Möglichkeiten bieten würde. Doch jetzt fühlte es sich anders an. Es war, als hätten sich die Wünsche in seinem Inneren verkrochen, als wäre das

Die Ente

Feuer, das sie einst angetrieben hatte, langsam erloschen. Er kam zu dem Entschluss, dass es nicht mehr so war wie früher. Er hatte aufgehört, wirklich zu träumen, hatte sich stattdessen in Routinen und Pflichten verloren. Vielleicht war es die Angst vor Enttäuschungen, vielleicht die Bequemlichkeit des Gewohnten – was auch immer es war, es hatte ihn davon abgehalten, weiterhin zu wünschen, wie er es einst getan hatte. Und das wurde ihm jetzt schmerzlich bewusst.

Der Hund, der Nolan die ganze Zeit beobachtet hatte, trat jetzt einen Schritt vor. "Sag mir, Nolan, was würdest du dir in diesem Augenblick wünschen? Was fehlt dir am meisten?"

Nolan überlegte einen Moment lang, bevor er leise antwortete: "Meine Frau."

Der Hund knurrte leicht und seine Stimme wurde schärfer. "Nolan, deine Frau ist nichts, was du dir einfach herbeiwünschen kannst. Sie ist keine Sache, die man sich wünscht und plötzlich wieder da ist. Wünsche funktionieren nicht so. Du kannst dir nicht jemanden herbeiwünschen, der gegangen ist."

Nolan senkte den Kopf – die Worte des Hundes trafen

ihn hart. Er merkte, dass er einen Fehler gemacht hatte, dass er den falschen Wunsch geäußert hatte. Er atmete tief durch, sah den Hund an und sagte schließlich: "Glück. Ich wünsche mir, wieder glücklich zu sein."

Der Hund nickte langsam, seine Stimme wurde wieder sanfter. "Das ist besser, Nolan. Glück ist etwas, das du anstreben kannst, etwas, das in dir selbst liegt. Aber um es zu finden, musst du die Balance halten, Schritt für Schritt vorwärtsgehen, ohne dich von deinen alten Vorstellungen fehlleiten zu lassen. Glück entsteht, wenn du deinen Weg im Gleichgewicht gehst – nicht, indem du versuchst, die Vergangenheit zurückzuholen, sondern indem du den Weg gehst, der vor dir liegt."

Der Hund fügte hinzu: "Und weißt du, Nolan, wenn du deinen Weg gehst, kann es sogar sein, dass du deine Frau eines Tages wiedersiehst. Vielleicht geht sie irgendwo da draußen einen parallelen Weg, dann können sich diese Wege wieder treffen. Auch wenn sie sich zuvor an einer Gabelung getrennt haben – Wege können sich immer wieder kreuzen. Aber um das zu ermöglichen, musst du deinen eigenen Weg gehen und darauf vertrauen, dass das Leben Gelegenheiten bietet, wenn man nur bereit ist, sie zu ergreifen."

Nolan zweifelte daran, dass er es schaffen könnte, dass

seine Frau ihn durch das Dickicht sehen würde, das ihre Wege zurzeit trennte. In diesem Moment traf ihn plötzlich eine Haselnuss am Kopf. Er schaute nach oben und entdeckte ein Eichhörnchen, das auf ihn herabblickte. "Wenn du so schnell aufgibst, dann bleibt es für immer unmöglich. Wenn ich auch so schnell aufgeben würde, wäre ich längst verhungert", rief das Eichhörnchen und schaffte es mit einigen wenigen eleganten Sprüngen, von der Höhe des Baumes auf Nolans Schulter zu landen.

"Lass uns einen Spaziergang machen", forderte es Nolan auf. Nolan schaute zum See und wollte sich bei der Ente bedanken, doch diese war bereits in ihre Gemeinschaft zurückgekehrt und schwamm ruhig mit den anderen Enten auf dem See.

Das Eichhörnchen und die Hartnäckigkeit

Das Eichhörnchen

Nolan, der Hund und das Eichhörnchen liefen gemeinsam durch den Wald. Das Eichhörnchen sprang flink von Ast zu Ast, kam immer wieder auf den Boden zurück und lief eine Weile an Nolans Seite. Schließlich sah es zu ihm auf und fragte: "Nolan, hast du je darüber nachgedacht, wo überall Nahrung für mich zu finden ist?"

Nolan schüttelte den Kopf. Er hatte sich nie vorgestellt, wie es wohl sein müsste, als kleines Tier im Wald zu überleben. Das Eichhörnchen grinste ihn an, als hätte es genau diese Antwort erwartet. "Gut, dann pass auf!" Es machte eine kurze Pause, schien sich zu konzentrieren, und begann dann aufzuzählen: "Nüsse, Beeren, Pilze, Baumrinde, Blätter, kleine Insekten, manchmal sogar Knospen und frische Triebe. Und, wenn die Zeiten hart sind, finde ich sogar Früchte, die Menschen hinterlassen haben, oder ich suche die Lager der anderen Tiere auf. Nahrung ist überall, wenn man nur genau hinschaut und weiß, wonach man sucht."

Das Eichhörnchen sprang Nolan wieder auf die Schulter. "Doch weißt du, was hierbei am wichtigsten ist? Hartnäckigkeit. Nicht aufgeben, auch wenn es schwer ist. Wenn ich auf die erste, zweite oder dritte Enttäuschung hin aufhören würde zu suchen, wäre ich längst verhungert." Es schwang sich auf einen kleinen Ast und fuhr fort: "Viele denken, Hartnäckigkeit sei dasselbe wie Sturheit. Aber das ist ein großer Irrtum.

Das Eichhörnchen

Sturheit bedeutet, immer nur auf einer Idee zu beharren, auch wenn sie sich als falsch herausstellt. Hartnäckigkeit hingegen bedeutet, nicht aufzugeben, auch wenn man immer wieder neue Wege finden muss." Das Eichhörnchen machte einen Satz und landete vor Nolan auf dem Boden. "Siehst du, Nolan, wenn ich stur wäre, würde ich nur nach Nüssen suchen, selbst wenn es gar keine gibt. Aber ich bin hartnäckig – das heißt, ich passe mich an. Ich suche weiter, auch wenn ich mich ändern muss, wenn ich andere Dinge ausprobieren muss, um zu überleben. Das ist es, was mich am Leben hält. Sturheit wäre mein Untergang. Hartnäckigkeit hingegen macht mich stark."

Der Hund, der bis dahin ruhig an Nolans Seite gelaufen war, nickte. "Du hörst es, Nolan. Manchmal geht es nicht darum, unbedingt an einem Plan festzuhalten, sondern darum, den Willen zu haben, weiterzumachen, auch wenn man den Plan ändern muss. Das ist wahre Hartnäckigkeit."

Nolan betrachtete die beiden Tiere. Er spürte, dass diese Lektion tief in ihm etwas bewegte. Vielleicht war es genau das, was er verlernt hatte – die Fähigkeit, sich anzupassen, ohne die Hoffnung aufzugeben.

Das Eichhörnchen sprang wieder von Nolans Schulter herunter, drehte sich zu ihm um und blickte ihn neugierig an. "Sag mal, Nolan, was ist eigentlich dein Plan?" fragte es unvermittelt.

Nolan hielt inne, überrascht von der direkten Frage des kleinen Tieres. Einen Moment lang schaute er nachdenklich in den Wald hinein, als könnte er dort die Antwort finden. Sein Blick wanderte von den Baumwipfeln hinunter zu den Wurzeln, die sich durch den Waldboden schlängelten. Er öffnete den Mund, zögerte, schloss ihn wieder. Ein Plan? Er hatte früher immer Pläne gehabt – für die Arbeit, für die Zukunft, für jedes Wochenende. Aber jetzt?

Der Hund setzte sich neben ihn, legte den Kopf schief und sah ihn abwartend an. Nolan versuchte es erneut, überlegte laut: "Ich... möchte einfach weitermachen, denke ich. Vielleicht die Dinge in Ordnung bringen, irgendwie..." Seine Stimme verlor an Stärke, als er merkte, wie vage das klang. "Vielleicht irgendwas ändern..."

Das Eichhörnchen sprang auf einen Baumstumpf. "Das klingt nicht wirklich wie ein Plan, Nolan. Das ist mehr ein Wunsch. Was willst du tun, um das zu erreichen?"

Nolan seufzte tief. Er wusste es nicht. Seine Gedanken wirbelten umher, doch keiner von ihnen schien wirklich greifbar. Ein klarer Plan fehlte. In den letzten Wochen hatte er das Vertrauen darin verloren, dass Pläne überhaupt noch Sinn ergaben. Stattdessen hatte er sich im Trott verloren, einfach nur weitergemacht, ohne wirklich darüber nachzudenken, wohin er eigentlich wollte.

Der Hund stupste ihn sanft mit der Nase an die Hand. "Manchmal, Nolan, muss man einfach den Mut haben, den ersten Schritt zu wagen, auch wenn man das Ziel noch nicht klar sieht", sagte der Hund sanft. "Einen Schritt nach dem anderen. Aber du musst entscheiden, welchen Weg du einschlagen möchtest." Nolan fühlte sich klein unter den Bäumen des Waldes, umgeben von den Tieren, die ihm klarere Antworten gaben, als er selbst in sich finden konnte. Es war wie eine stille Aufforderung, sich endlich festzulegen, seinen Willen zurückzugewinnen und die Richtung zu bestimmen. Aber noch konnte er die Worte nicht finden. Vielleicht würde die Antwort sich ihm offenbaren, wenn er den Mut fand, einfach loszugehen.

Der Hund drehte sich ein paar Mal im Kreis, lief einen Schritt los und blieb vor einem Baum stehen. Dann drehte er sich erneut, wechselte die Richtung, lief zu einem anderen Baum, hielt wieder an. Er wiederholte diese Bewegungen mehrmals, immer wieder in verschiedene Richtungen, und kam jedes Mal zurück zu dem Punkt, an dem Nolan stand. Nolan schaute verwirrt zu, seine Stirn runzelte sich. Was sollte das bedeuten?

Das Eichhörnchen, das mittlerweile wieder auf einem Ast saß und das Schauspiel beobachtete, sah Nolan ungläubig an. "Verstehst du es wirklich nicht?", fragte es schließlich und schüttelte dabei leicht den Kopf. Ohne eine Antwort abzuwarten, schnappte es sich eine Haselnuss, die es irgendwoher hervorgeholt hatte, und warf sie zielgenau gegen Nolans Kopf.

Nolan zuckte zusammen und rieb sich die Stirn, während er das Eichhörnchen verwirrt anstarrte. "Wo hast du die Nuss her?", fragte er mehr zu sich selbst, ohne eine Antwort zu erwarten.

Das Eichhörnchen sah ihn geduldig, fast schon mitleidig an. Es seufzte tief und sprach langsam, als wollte es sicherstellen, dass Nolan jedes einzelne Wort verstand: "Es reicht nicht, nur den ersten Schritt zu machen, Nolan – die Richtung entscheidet darüber, wohin du gelangst!"

Nolan spürte, wie die Worte des Eichhörnchens einen Nerv trafen. Er hatte den ersten Schritt gemacht – aber ohne klare Richtung war er nur herumgeirrt, ohne Ziel, ohne wirklich voranzukommen. Genau das hatte ihm gefehlt: Nicht der Wille zu gehen, sondern die Klarheit, wohin er wollte.

Das Eichhörnchen sah, dass Nolan die Bedeutung seiner Worte verstanden hatte, und sprang von seinem Ast auf einen tieferen herunter, um auf Augenhöhe zu sein. "Lass mich dir helfen, Nolan", begann das Eichhörnchen. "Weißt du, was Begeisterung für ein so kleines Tier wie mich bedeutet? Begeisterung ist das, was mir die Kraft gibt, mich jeden Tag aufs Neue in

Das Eichhörnchen

Bewegung zu setzen. Begeisterung ist der Funke, der mich antreibt, immer weiter nach Nahrung zu suchen, selbst wenn es schwierig wird. Sie gibt mir den Mut, mich von Ast zu Ast zu schwingen, auch wenn ich nicht sicher weiß, ob ich es schaffe. Für mich ist Begeisterung der Schlüssel, um am Leben zu bleiben."

Das Eichhörnchen sah Nolan eindringlich an. "Vielleicht fehlt dir nicht die Richtung, sondern die Begeisterung für das Ziel. Begeisterung kann dir die Richtung weisen, Nolan. Finde etwas, das dich begeistert, etwas, das dich antreibt. Und dann bleib hartnäckig dran. Begeisterung bringt die Richtung, und Hartnäckigkeit bringt dich weiter. Es geht nicht darum, alles zu wissen. Es geht darum, etwas zu finden, was dich ausfüllt und für das du morgens aufstehen willst."

Der Hund nickte zustimmend. "Nolan, du musst nicht alles im Voraus wissen. Finde diesen Funken, diese Begeisterung, und setze einen Schritt nach dem anderen. Das ist der Anfang für alles Weitere." Vielleicht war das der Anstoß, den er brauchte, um endlich seinen Weg zu finden.

Nolan dachte lange nach, während sie den kleinen Weg entlangliefen. Schließlich blieben sie stehen, als sie eine Weggabelung erreichten. Nolan sah in beide Richtungen. Es war ein schmaler, von Bäumen gesäumter Pfad, der sich zu beiden Seiten verlor. Er fühlte, wie eine Idee in ihm Gestalt annahm, etwas, das ihn tief bewegte.

Er schaute nach links und fragte sich, ob dort das private Glück lag. All das, was er verloren hatte, die Zeit, die er seiner Frau nicht gewidmet hatte, die Momente der Freude, die er verpasst hatte. Dann schaute er nach rechts, und er konnte förmlich die Erwartungen spüren, die die berufliche Karriere mit sich brachte. Die Anerkennung, der Erfolg, die Ziele, die er immer verfolgt hatte – aber zu welchem Preis?

Er drehte sich langsam zu seinem Hund und dem Eichhörnchen um, die beide ruhig warteten, als wüssten sie, dass dies ein wichtiger Moment für Nolan war. Nolan atmete tief ein und beschrieb laut seine Gedanken:

"Hier links... das könnte das private Glück sein", sagte er und blickte nachdenklich auf den schmalen Weg, der im Schatten der Bäume verschwand. "Es ist ruhig, friedlich – das ist das Leben, das ich mir einst erträumt hatte, mit all den Menschen, die mir wichtig sind. Und rechts..." Er schaute nach rechts, wo der Weg von der mittlerweile aufgehenden Sonne im Morgenrot schwach erleuchtet wurde, als wollte er ihn zu sich einladen. "Rechts könnte der berufliche Erfolg sein. Die Karriere, die ich immer wollte. Die Ziele, die ich erreicht habe, und die, die ich noch erreichen wollte."

Das Eichhörnchen

Der Hund und das Eichhörnchen schauten ihn gespannt an, während Nolan weiter seine Gedanken ordnete. "Vielleicht... vielleicht habe ich mich immer zu sehr auf einen Weg fokussiert und dabei vergessen, dass es möglich ist, beide in Balance zu halten. Vielleicht ist es kein Entweder-oder, sondern ein Sowohl-als-auch."

Nolan sah das Eichhörnchen und den Hund an, als erartete er von ihnen eine Bestätigung. Das Eichhörnchen nickte nur still, während der Hund leise raunte: "Es liegt an dir, Nolan. Wähle deine Richtung – oder finde einen Weg, beide zu verbinden."

In diesem Moment hörte Nolan die Enten auf dem kleinen See quaken. Er blickte auf und dachte an die Lehre, die ihm die Ente gegeben hatte: Balance halten. Die Worte hallten in seinem Kopf wider und plötzlich verband er diese Lehre mit seiner jetzigen Entscheidung. Es musste nicht nur einen großen Weg geben, keine klare Aufteilung zwischen beruflichem Erfolg und privatem Glück. Vielleicht gab es viele kleine Wege, die er noch gar nicht gesehen hatte – Wege, die ihn zu einem ausgewogenen Leben führen konnten. Nolan wurde klar, dass das eine das andere nicht zwangsläufig ausschließen musste. Er musste lediglich eine Hauptrichtung finden, eine Richtung, die ihn erfüllte und sein Leben bereicherte. Und als er über alles nachdachte, wurde ihm klar, dass diese Hauptrichtung nicht im beruflichen Erfolg lag. Es war das private Glück, das die Balance wiederherstellen konnte, das ihm die Freude zurückgeben würde, die er verloren hatte, auch wenn die großen Wellen des Lebens immer wieder über ihm zu brechen drohten.

Der Hund und das Eichhörnchen warteten weiterhin still, als Nolan ein sanftes Lächeln über das Gesicht huschte. Er wusste nun, wohin er gehen wollte.

Das Eichhörnchen beobachtete Nolan und schien zu bemerken, dass er zu einer Entscheidung gekommen war. Es kratzte sich kurz hinter dem Ohr und fragte dann unvermittelt: "Aber Nolan, hast du auch die Energie dafür?"

Nolan blickte überrascht auf das kleine Tier herab. "Die Energie?", fragte er, fast ein wenig ratlos.

Das Eichhörnchen nickte eifrig und hüpfte auf einen nahegelegenen Stein. Seine buschigen Ohren zuckten, während es Nolan fest in die Augen sah. "Ja, die Energie! Für mich als Eichhörnchen ist Energie das Wichtigste. Ohne sie könnte ich keinen einzigen Tag überleben. Jeden Morgen, wenn die Sonne gerade erst aufgeht und der Wald in einem goldenen Licht erstrahlt, mache ich mich auf den Weg, um nach Nahrung zu suchen. Diese Nahrung, die ich finde, sei es eine Nuss, eine Frucht oder eine Beere, ist meine

Das Eichhörnchen

Quelle der Energie. Mit jeder Nuss, die ich knacke, mit jeder Frucht, die ich verzehre, tanke ich neue Kraft. Diese Energie ist mehr als nur Überleben – sie ist die Kraft hinter allem, was ich tue."

Das Eichhörnchen machte eine kurze Pause, als wollte es sicherstellen, dass Nolan verstand, wie ernst es ihm war. Es blickte zu den Baumwipfeln hinauf, wo die Blätter sanft im Wind raschelten. "Jeden Tag springe ich von Ast zu Ast, immer auf der Suche nach den besten Früchten, den schmackhaftesten Nüssen. Und für all das brauche ich Energie. Ohne diese Energie könnte ich keinen dieser Sprünge machen. Ohne sie könnte ich nicht weiter nach Nahrung suchen, und ich könnte mich auch nicht vor Gefahren schützen. Alles, was ich tue, jeder Sprung, jede Entscheidung, hängt von der Energie ab, die ich habe. Sie ist mein Antrieb, mein Lebenselixier."

Das Eichhörnchen schaute Nolan wieder an, seine kleinen, schwarzen Augen glitzerten vor Entschlossenheit. "Nolan, es geht nicht nur darum, genug Energie für heute zu haben. Ich muss auch sicherstellen, dass ich genug für morgen habe. Deshalb verstecke ich Nüsse und Samen. Ich bereite mich vor, weil ich weiß, dass es Tage geben wird, an denen es schwerer sein wird, Nahrung zu finden. Es ist die Balance zwischen dem Hier und Jetzt und dem, was noch kommen wird. Diese Balance bedeutet für mich, heute genug Energie zu haben, um weiterzuspringen, aber auch dafür zu sorgen, dass ich morgen nicht hungern muss."

Das Eichhörnchen straffte sich und hüpfte noch ein Stück höher auf den Stein, von dem aus es eine bessere Aussicht hatte. "Und diese Energie gibt mir auch die Freiheit, neugierig zu sein. Wenn ich genug gegessen habe, wenn ich sicher bin, dass ich genug für heute und morgen habe, dann kann ich es mir leisten, meiner Neugier zu folgen. Dann kann ich neue Orte erkunden, neue Wege finden, herausfinden, was sich hinter der nächsten Ecke verbirgt. Diese Momente der Neugier sind es, die mein Leben lebenswert machen. Aber sie sind nur möglich, wenn ich meine Energie in Balance halte."

Das Eichhörnchen sah Nolan fest an und seine Stimme wurde leiser, fast als ob es ihm ein Geheimnis anvertrauen wollte. "Es ist wie bei dir, Nolan. Auch du brauchst Energie. Nicht nur die physische Energie, die dich auf den Beinen hält, sondern auch die emotionale und geistige Energie. Die Energie, die dich antreibt — um weiterzugehen, Entscheidungen zu treffen und herauszufinden, was für dich zählt. Und manchmal bedeutet das, dass du dich darauf konzentrieren musst, kleine Erfolge zu feiern, kleine Schritte zu machen, die dir wieder Kraft geben. Es sind die kleinen Dinge, die zählen, die dich weiterbringen, die dir die Energie geben, um weiterzugehen."

Nolan wurde bewusst, dass er oft versucht hatte, die großen Schritte zu machen, ohne auf die kleinen Erfolge zu achten. Das Eichhörnchen hatte recht – die Balance lag darin, die kleinen Dinge wertzuschätzen, die kleinen Erfolge zu sehen und daraus die Energie zu schöpfen, die er brauchte, um weiterzumachen. Es ging nicht nur darum, das große Ziel vor Augen zu haben, sondern auch darum, die kleinen Schritte dorthin zu schätzen und die Energie, die sie ihm gaben, zu nutzen, um den Weg fortzusetzen.

Nolan nickte langsam und wiederholte die Worte des Eichhörnchens leise für sich selbst: "Die kleinen Erfolge ebnen den Weg für die großen Veränderungen..." Plötzlich verstand er, was das Eichhörnchen meinte. Er brauchte auch kleine Erfolge, um den Weg zum großen Ziel zu schaffen, um das Licht am Ende des Weges zu sehen. Das waren die Momente, die ihn am Leben hielten, die ihm Kraft gaben, um weiterzugehen.

Der Hund setzte sich neben Nolan und sah zu ihm auf. "Nolan, du hast es gehört. Es sind nicht nur die großen Entscheidungen, die zählen. Die kleinen Dinge, die kleinen Erfolge, sie sind die Schritte, die dich weiterbringen."

Nolan spürte die Wärme der aufgehenden Sonne, die ihre Strahlen über den Wald schickte und ihn sanft einhüllte. Vielleicht war es nicht nur das große Ziel, das ihm fehlte, sondern auch die kleinen Momente, die Freude und Zufriedenheit brachten. Er wusste, dass er diese kleinen Erfolge suchen und annehmen musste, um die Energie zu haben, die ihn auf seinem Weg voranbringen würde.

Nolan erinnerte sich. Es war, als sie gemeinsam daran arbeiteten, ihren Traumgarten anzulegen. Seine Frau hatte immer von einem Garten geträumt, in dem sie verschiedene Blumen, Kräuter und Gemüse anpflanzen konnte. Nolan, der keine große Begeisterung für Gartenarbeit hatte, war anfangs skeptisch. Der Garten war damals ein verwildertes Stück Land, und die Vorstellung, es in einen blühenden Garten zu verwandeln, schien ihm überwältigend. Doch seine Frau hatte eine Vision, und sie hatte ihn überzeugt, es gemeinsam anzugehen.

Sie hatten klein angefangen – ein Wochenende nach dem anderen. Zuerst räumten sie den Garten auf, entfernten Unkraut und Schutt. Sie hatten kleine Beete angelegt, eine Ecke für Kräuter, eine für Blumen, und langsam nahm der Garten Gestalt an. Es war kein schnelles Projekt, sondern eine Arbeit, die Geduld und Ausdauer erforderte. Nolan erinnerte sich daran, wie sie jedes Wochenende kleine Fortschritte machten – wie sie neue Pflanzen setzten, Wege anlegten und nach

Das Eichhörnchen

und nach den Garten verwandelten. Jeder kleine Erfolg war ein weiterer Schritt in Richtung des großen Ziels. Und schließlich, nach Monaten der Arbeit, standen sie eines Abends im fertigen Garten. Die Blumen blühten, der Duft von frischen Kräutern lag in der Luft, und seine Frau lächelte ihn an, voller Stolz auf das, was sie gemeinsam geschaffen hatten. In diesem Moment verstand Nolan, dass die vielen kleinen Schritte, die sie gemeinsam gegangen waren, sie zu diesem großen Erfolg geführt hatten. Es waren die kleinen Erfolge, die ihnen die Energie und die Motivation gegeben hatten, weiterzumachen, bis sie das große Ziel erreicht hatten.

Das Eichhörnchen sah Nolan aufmerksam an und schien zu spüren, dass er verstanden hatte. "Und Nolan", begann es, "das Ziel ist eine Richtung, kein Ort. Wenn du einen Ort erreicht hast, wirst du irgendwann wieder umkehren müssen. Aber wenn du ein Ziel erreichst, dann stimmt die Richtung, und du kannst weitergehen. Deswegen solltest du dein Ziel nicht einschränken."

Das Eichhörnchen zeigte auf den linken Weg, an dessen Ende eine Biegung zu sehen war. "Hast du eine Ahnung, was sich dahinter verbirgt?" fragte es.

Nolan schüttelte den Kopf. "Nein, ich weiß es nicht."

Ihm war nicht bewusst geworden, dass sie genau diesen Weg schon gemeinsam gingen.

Das Eichhörnchen nickte. "Genau. Der Weg zeigt eine

Das Eichhörnchen

Richtung, doch das Ziel bestimmst du selbst. Was auch immer hinter dieser Biegung liegt, es kann deine Richtung anpassen. Aber solange du hartnäckig bleibst und deine Energie aufsparst, wird auch hinter der Biegung die Sonne scheinen, selbst wenn du es noch nicht sehen kannst."

Das Eichhörnchen überlegte kurz, dann grinste es. "Vielleicht gibt es dahinter ja auch leckere Nüsse." Bevor Nolan etwas sagen konnte, rannte das Eichhörnchen plötzlich los, so schnell, dass es in wenigen Augenblicken verschwunden war. Nolan ging noch bis zur Biegung, und als er um die Ecke kam, bemerkte er, dass sich nicht nur die Sonne immer weiter durch den Wald kämpfte und ihn mit Licht und Wärme erfüllte, sondern dass sich hinter der Biegung ein großer See erstreckte. Kein kleiner Ententeich, sondern ein weitläufiger, ausufernder See, dessen Wasser in der Morgensonne glitzerte. Das Licht spiegelte sich auf der Oberfläche wider, als ob Tausende kleiner Diamanten auf dem Wasser tanzten. Die Ufer des Sees waren gesäumt von Bäumen, deren Blätter in einem satten Grün leuchteten. Es war ein Anblick, der in Nolan etwas weckte – eine Mischung aus Staunen und einer tiefen, unerwarteten Ruhe.
Eine sanfte Brise strich durch die Baumkronen, während das Rauschen der Blätter mit dem leisen

Plätschern des Wassers verschmolz. Die frische Brise brachte den Duft von Kiefern und feuchter Erde mit sich, und Nolan fühlte, wie er tief durchatmete, als wollte er diesen Moment vollständig in sich aufnehmen. Der Hund stand an seiner Seite, ruhig und gelassen, und sah ebenfalls in Richtung des Sees. Er schien die Schönheit des Augenblicks genauso zu spüren wie Nolan.

Nolan stand nur da, seine Augen wanderten über die Landschaft, der sich vor ihm ausbreitete. Es war fast so, als würde sie gleichzeitig ihn beobachten. Die Stille des Augenblicks umhüllte ihn, und er spürte, wie eine unerklärliche Ruhe in ihm aufstieg. Der Hund schaute zu ihm auf, seine Augen waren voller Vertrauen und Zuversicht.

Nolan schaute zu seinem Begleiter hinunter und konnte nicht anders, als leicht zu lächeln. Er spürte, dass er nicht allein war, dass sie diesen Weg zusammen gingen. Die Sonne wärmte seinen Rücken, und das Licht, das sich auf dem See brach, erfüllte den Wald mit einer beinahe magischen Atmosphäre. Für einen Moment fühlte sich alles richtig an – als ob der Weg, den er gegangen war, ihn genau an diesen Ort führen sollte. Es war, als würde der See ihn rufen, ihn einladen, einen Schritt nach dem anderen zu setzen – ohne Hast, ohne Druck, nur mit Vertrauen.

Während Nolan noch auf den See blickte, bemerkte er

eine Bewegung auf dem Wasser. Aus der Ferne kam ein großer, majestätischer weißer Schwan langsam auf sie zu geschwommen. Sein Hals war elegant gebogen, und seine Flügel waren leicht angehoben, wodurch er aussah, als würde er über das Wasser gleiten, ohne es zu berühren. Das Wasser teilte sich sanft vor ihm, und die Lichtreflexionen tanzten um seinen Körper, als ob sie die Eleganz dieses Wesens unterstreichen wollten. Der Schwan bewegte sich mit einer Selbstverständlichkeit, einer Anmut, die den Augenblick fast unwirklich erscheinen ließ.

Als der Schwan näherkam, sah Nolan, wie die schwarzen Augen des Tieres ihn direkt anblickten. Es war ein ruhiger, selbstbewusster Blick, voller Weisheit und Anmut. Der Schwan schien keinerlei Eile zu haben, seine Bewegungen waren langsam, bedacht, und es schien, als ob die ganze Welt um sie herum langsamer wurde, um sich diesem Augenblick anzupassen.

Schließlich, als der Schwan nur noch wenige Meter von ihnen entfernt war, hob er seinen Kopf etwas höher, öffnete den Schnabel und sprach mit einer tiefen, fast melodischen Stimme, die von einer natürlichen Autorität geprägt war und keinen Zweifel daran ließ, dass dieser See sein Reich war:

"Willkommen in der Eleganz des Lebens!"

Der Schwan und die Eleganz

Der Schwan

Nolan blinzelte überrascht, während der Hund nur ruhig daneben saß, als ob er solche Begegnungen schon oft erlebt hätte. Der Schwan schien die Bedeutung dieses Ortes in wenigen Worten zusammenzufassen – Eleganz, Ruhe, die Harmonie der Natur. Als ob der Schwan ihm eine Einladung ausgesprochen hätte, die Schönheit und die Gelassenheit des Augenblicks vollständig zu erfassen, loszulassen und einfach nur zu sein. Es war eine Einladung, das Leben in seiner ganzen Eleganz zu betrachten, die leisen, subtilen Momente wahrzunehmen, die oft übersehen werden.

Der Schwan verharrte für einen Moment, ließ seinen Blick auf Nolan ruhen, bevor er sich wieder dem See zuwandte. Langsam, fast wie in einer tänzerischen Bewegung, drehte er sich, und Nolan beobachtete, wie der Schwan mit derselben ruhigen Eleganz davon glitt, das Wasser sanft hinter sich zurücklassend, während er sich weiter in die Weite des Sees begab.

Der Hund schien den Schwan mit einem unbeeindruckten Blick zu beobachten und rief ihm hinterher: "Das war ziemlich arrogant! Ist das alles?" Seine Worte klangen provokant, fast herausfordernd, und Nolan spürte die Spannung in der Luft. Der Schwan stoppte abrupt ab, das Wasser kräuselte sich leicht um seinen Körper, als er seinen Kopf nur langsam drehte, die schwarzen Augen jetzt scharf auf den Hund gerichtet. Für einen Moment blieb er so, bewegungslos, und Nolan spürte, wie die Zeit beinahe stillstand. Dann, mit einer geschmeidigen Bewegung, zog der Schwan seinen gesamten Körper hinterher, bis er vollständig zu ihnen gedreht war.

Mit einem leisen Rascheln hob der Schwan seine Flügel, die weißen Federn fächerten sich auf, und er begann sie langsam zu bewegen. Die Flügelschläge wurden schneller und kräftiger, und bevor Nolan überhaupt reagieren konnte, sauste der Schwan ohne jede Vorwarnung auf sie zu. Sein Hals war vorgestreckt, die schwarzen Augen blitzten entschlossen, und Nolan sah den mächtigen Körper des Schwans, wie er sich in Bewegung setzte. Es war ein Angriff, wie es nur ein Schwan tun konnte – wild, kraftvoll, aber gleichzeitig voller Anmut.

Der Hund sprang erschrocken einen Schritt zurück, aber Nolan blieb wie angewurzelt stehen, sein Herz pochte in seiner Brust, während der Schwan immer näherkam. Kurz bevor der Schwan sie erreichte, schien er plötzlich in der Luft stehen zu bleiben, seine Flügel schlugen noch einmal kräftig, dann ließ er sich elegant wieder zu Wasser sinken. Er glitt zurück auf die Oberfläche des Sees und blickte Nolan und den Hund

Der Schwan

streng an.

"Verwechsle nie Eleganz mit Arroganz", sagte der Schwan mit einer Stimme, die fast schneidend klang. Seine Augen schienen tiefer zu blicken als nur auf das Äußere, und er ließ seine Worte in der Stille nachhallen, bevor er weitersprach. "Eleganz ist die Harmonie von Bewegung und Absicht. Sie ist das Gleichgewicht, das entsteht, wenn jemand im Einklang mit seiner Umwelt handelt, ohne übermäßige Anstrengung, ohne Zurschaustellung. Es ist die Kunst, mit Leichtigkeit das Richtige zu tun, zur richtigen Zeit, am richtigen Ort."

Der Schwan senkte seinen Kopf leicht und fuhr dann fort: "Arroganz hingegen ist der Glaube, besser zu sein als andere. Es ist die Überheblichkeit, die aus dem Drang entsteht, sich über andere zu stellen, um Aufmerksamkeit zu erregen. Arroganz sucht Bewunderung, Eleganz benötigt sie nicht. Eleganz ist Selbstsicherheit ohne Überheblichkeit, das Wissen um den eigenen Wert, ohne diesen anderen aufzuzwingen."

Nolan lauschte den Worten des Schwans, und ihm wurde bewusst, dass er in seinem Leben oft Eleganz mit Arroganz verwechselt hatte. Er hatte Menschen gesehen, die mit Leichtigkeit und Selbstvertrauen handelten, und hatte sie als arrogant abgestempelt, weil er ihre innere Balance und ihre Ruhe nicht verstehen konnte. Der Schwan blickte ihn weiterhin streng an, und Nolan konnte nicht anders, als ehrfürchtig zu nicken. "Danke", murmelte er leise, als der Schwan seinen Blick weiterhin auf Nolan und den Hund gerichtet hielt. Seine Flügel legten sich sanft an seinen Körper, während er im Wasser verharrte, eine stille, souveräne Anmut zeigend, die keinen Platz für Arroganz ließ.

Der Schwan sprach jetzt mit einer ruhigeren und sanfteren Stimme weiter. "Das Leben eines Schwans, Nolan, mag von außen betrachtet eine einzige Abfolge von Eleganz und Anmut sein. Doch hinter dieser Eleganz verbirgt sich eine tiefe Anstrengung, eine beständige Hingabe an das Leben selbst. Jeden Tag, in jedem Augenblick, muss ein Schwan die Balance halten. Die Balance zwischen den Herausforderungen des Lebens und dem Streben danach, stets in Anmut und Gelassenheit zu handeln.

Wenn ich morgens auf dem Wasser erwache, bevor die ersten Sonnenstrahlen den Horizont berühren, muss ich bereits aufmerksam sein. Die Oberfläche des Sees mag ruhig erscheinen, doch unter dem Wasser verbirgt sich Bewegung, Strömung, das beständige Fließen des Lebens. Meine Beine, die man unter der

Der Schwan

Wasseroberfläche nicht sieht, arbeiten unermüdlich, um diese Eleganz zu erhalten, um sicherzustellen, dass mein Körper ruhig und majestätisch über das Wasser gleitet. Jeder Flügelschlag, jede Bewegung ist bewusst, kontrolliert und durchdacht, denn nur so kann ich diese Eleganz erreichen, die andere in mir sehen.

Es mag leicht erscheinen, aber jede dieser Bewegungen ist das Ergebnis von jahrelanger Übung und Erfahrung. Als junger Schwan war ich oft ungeschickt, verlor die Balance, kämpfte mit den Wellen und Strömungen. Doch es war die Anstrengung, die Beharrlichkeit, die mich schließlich lehrte, wie ich in der Welt der Seen und Flüsse bestehen kann, ohne jemals meine Eleganz zu verlieren. Die Eleganz ist nicht etwas, das mir einfach gegeben wurde – sie ist das Ergebnis harter Arbeit, der Fähigkeit, niemals die Kontrolle zu verlieren, selbst in schwierigen Momenten. Es sind die Muskeln in meinem Körper, die stets angespannt bleiben, bereit, auf jede Veränderung zu reagieren, die mir erlauben, in Anmut zu schweben. Doch Nolan, so groß die Anstrengung auch sein mag, es gibt eine Freude, die damit einhergeht, eine innere Glückseligkeit, die schwer in Worte zu fassen ist. Wenn ich über den See gleite, wenn die ersten Sonnenstrahlen mein Gefieder in goldenes Licht tauchen, dann spüre ich eine tiefe Verbundenheit mit der Welt um mich herum. Ich spüre das Wasser unter mir, die Luft, die sanft meine Federn streift, die Wärme der Sonne, die mich umgibt. Diese Momente sind reine Glückseligkeit, sie sind der Lohn für all die Anstrengungen, für all die Momente, in denen ich Balance und Anmut bewahren musste.

Die Eleganz ist nicht nur äußerlich, sie ist auch innerlich. Sie entsteht aus der Ruhe, die ich in mir trage, aus der Fähigkeit, mich nicht aus der Fassung bringen zu lassen, selbst wenn die Welt um mich herum in Aufruhr ist. Es ist ein Zustand des Seins, der nur durch die ständige Arbeit an mir selbst erreicht werden kann. Doch diese Arbeit, so anstrengend sie auch sein mag, bringt eine Erfüllung mit sich, die tief und unvergleichlich ist. Die Eleganz des Lebens, Nolan, ist die Fähigkeit, mit allem, was das Leben bringt, im Einklang zu sein. Es bedeutet, die Herausforderungen anzunehmen, die Anstrengungen nicht zu scheuen, und dennoch niemals die Anmut zu verlieren.

Und genau darin liegt die Freude. Wenn ich mich selbst über das Wasser schweben sehe, wenn ich spüre, wie meine Bewegungen im Einklang mit dem Rhythmus der Natur sind, dann erfüllt mich eine Zufriedenheit, die keine Anerkennung von außen jemals ersetzen könnte. Es ist die Erkenntnis, dass ich meinen Platz in dieser Welt gefunden habe, dass ich die Anstrengungen gemeistert habe, um die Schönheit, die in mir liegt, zum Ausdruck zu bringen. Diese innere Glückseligkeit, Nolan, ist es, was das Leben eines Schwans ausmacht – die Freude daran, in jedem Moment Eleganz zu leben, trotz der Anstrengungen, die es erfordert."

Der Schwan blickte Nolan mit seinen schwarzen, durchdringenden Augen an und fragte ihn: "Hast du jemals die Eleganz deiner Frau wirklich geschätzt, Nolan? Nicht nur gesehen, sondern sie wirklich geschätzt? Hast du verstanden, was für eine Anstrengung, was für eine Liebe dahintersteckte, diese Eleganz zu bewahren?" Die Worte des Schwans klangen sanft, aber sie hatten eine Schärfe, die Nolan tief traf.

Nolan spürte, wie ihm plötzlich schwindelig wurde. Es war, als würde sich die Erde unter ihm bewegen, als hätte sich etwas in seinem Inneren gelöst, das er lange Zeit unterdrückt hatte. Bilder seiner Frau tauchten in seinem Kopf auf – wie sie sich mit ruhigen, eleganten Bewegungen im Alltag bewegte, wie sie es schaffte, immer alles zusammenzuhalten, selbst wenn alles um sie herum aus den Fugen zu geraten schien. Er sah sie vor sich, in Momenten, die er nie wirklich wahrgenommen hatte, in denen ihre Anmut und ihre

Stärke deutlich sichtbar waren, und ihm wurde klar, dass er diese Eleganz nie richtig gewürdigt hatte.

Er hatte sie als selbstverständlich hingenommen. Ihre sanfte Art, mit anderen Menschen umzugehen, ihre Geduld, ihre unermüdliche Liebe zu ihm – all das hatte er nie wirklich hinterfragt, nie versucht, es zu verstehen oder es zu würdigen. Er hatte es einfach akzeptiert, als wäre es ein natürlicher Teil ihres Wesens, ohne darüber nachzudenken, welche Anstrengungen es sie manchmal kostete, so zu sein. Die Liebe, die sie in jede ihrer Bewegungen legte, die Anstrengung, die sie aufbrachte, um immer für ihn da zu sein, waren Dinge, die Nolan nie bewusst wahrgenommen hatte.

Nolan fühlte, wie seine Kehle eng wurde, während er die Wahrheit dieser Worte in sich aufnahm. Wie oft musste sie gedacht haben, dass er sie nicht wirklich anerkennen würde? Dass ihre Bemühungen unbemerkt blieben, dass sie für ihn nur da war, ohne dass er wirklich sah, wer sie war? Wie oft hatte sie sich gewünscht, dass er ihr zeigt, dass er ihre Eleganz, ihre Stärke, ihre Liebe zu schätzen wusste? Die Fragen brannten in seinem Kopf, und er fühlte, wie eine tiefe Scham in ihm aufstieg.

Er hatte sie nie wissen lassen, wie sehr er sie

bewunderte. Wie sehr er es liebte, wenn sie mit einem sanften Lächeln an seiner Seite stand, wie sehr er ihre Art liebte, die Welt mit einer solchen Anmut und Zuversicht zu betrachten. Er hatte es nie in Worte gefasst, hatte sie nie wissen lassen, dass ihre Eleganz für ihn ein Zeichen ihrer Stärke war. Stattdessen hatte er ihre Bemühungen als selbstverständlich angesehen, als etwas, das einfach da war, ohne dass er es hinterfragte.

Er hatte die Eleganz seiner Frau nicht geschätzt – er hatte sie gesehen, aber er hatte nie wirklich hingesehen. Er hatte nie wirklich verstanden, wer sie war, wie viel Anstrengung, Liebe und Hingabe es bedeutete, so zu sein, wie sie war. Und jetzt, da er es erkannte, fühlte er sich, als hätte er etwas Kostbares verloren, etwas, das er nie wieder zurückbekommen könnte.

Der Schwan sah Nolan weiterhin an, seine Augen schienen noch tiefer zu blicken, als wollten sie Nolans Seele erfassen. "Eleganz ist kein Geschenk, Nolan. Sie ist eine Entscheidung. Jeden Tag aufs Neue. Sie ist die Entscheidung, die Anstrengungen des Lebens mit Anmut zu tragen, die Herausforderungen zu bewältigen, ohne dabei die Liebe und die Hingabe zu verlieren." Nolans Blick sank zu Boden, während ihm klar wurde, wie sehr er versäumt hatte, das Wertvolle in seiner Frau zu erkennen.

Der Schwan

Nolan schloss die Augen und erinnerte sich an besondere Momente, in denen seine Frau ihre Eleganz gezeigt hatte und er sie dafür bewundert und gelobt hatte. Die Erinnerung an diese Momente brachte ihm ein Gefühl von Wärme und tiefem Bedauern zugleich.

Es war ein Abend, an dem sie zusammen zu einer Veranstaltung eingeladen waren. Seine Frau trug ein schlichtes, aber wunderschönes Kleid, das ihre natürliche Anmut unterstrich. Sie bewegte sich durch den Raum, sprach mit den Gästen, und Nolan konnte die Art und Weise bewundern, wie sie auf jede Person einging, ihnen das Gefühl gab, wichtig zu sein. Er war so beeindruckt von ihrer Fähigkeit, mit Menschen umzugehen, dass er ihr später, als sie nach Hause kamen, sagte, wie stolz er auf sie war. Ihre Augen leuchteten vor Glück, als sie das hörte, und sie hatte ihn umarmt. Es war ein Moment, in dem er spürte, wie viel diese Anerkennung ihr bedeutete, wie sie dadurch noch strahlender wurde.

Ein anderes Mal war es ein gewöhnlicher Nachmittag im Garten. Seine Frau hatte beschlossen, die Blumenbeete neu zu bepflanzen. Nolan hatte zugesehen, wie sie mit Ruhe und Eleganz jede Blume platzierte, wie sie sorgfältig die Erde lockerte und darauf achtete, dass alles perfekt war. Er hatte gesehen, wie viel Liebe sie in diese Tätigkeit legte, und er hatte sie dafür gelobt. Er erinnerte sich daran, wie sie ihm zulächelte, wie ihre Augen dabei glänzten, und wie sie ihm sagte, dass es ihr viel bedeutete, dass er das bemerkte. Dieser Moment der Anerkennung hatte sie beide glücklich gemacht.

Doch während Nolan diese Erinnerungen durchlebte, wurde ihm auch klar, wie oft er ihre Eleganz nicht wahrgenommen hatte. Wie oft war sie an seiner Seite gewesen, hatte sich um ihn, um ihr gemeinsames Leben gekümmert, ohne dass er auch nur einen Gedanken daran verschwendet hatte, wie viel Anstrengung es sie kostete? Wie oft hatte er ihre Bemühungen als selbstverständlich angesehen, ohne sie zu würdigen, ohne auch nur ein Wort des Dankes oder der Anerkennung auszusprechen? Er konnte sich nun vorstellen, wie oft sie sich gewünscht hatte, dass er sie sieht, wirklich sieht – nicht nur als seine Partnerin, sondern als eine Frau, die mit so viel Liebe und Hingabe das Beste für sie beide wollte.

Nolan spürte den Schmerz dieser Erkenntnis. Er konnte die Enttäuschung in ihren Augen sehen, in all den Momenten, in denen sie auf ein Wort von ihm gewartet hatte, in denen sie sich danach gesehnt hatte, dass er ihre Bemühungen anerkennt. Wie oft musste sie gedacht haben, dass ihre Mühen für ihn unsichtbar waren, dass ihre Eleganz und ihre Stärke für ihn keine Bedeutung hatten? Er fühlte, wie seine Kehle eng wurde, als er darüber nachdachte, wie oft er ihr diese Anerkennung verweigert hatte – nicht aus Bosheit, sondern aus Gedankenlosigkeit, aus der Annahme, dass sie schon wisse, wie sehr er sie bewunderte. Doch das hatte nicht gereicht. Sie hätte es hören müssen, hätte es von ihm wissen müssen, und er hatte es versäumt.

Der Schwan beobachtete Nolan schweigend, als dieser mit geschlossenen Augen stand und die Wahrheit der Erinnerungen in sich aufnahm. Er wusste jetzt, dass er zwar ihre Eleganz bewundert hatte, aber dass es ihm an der Fähigkeit gefehlt hatte, diese Bewunderung auszudrücken. Und diese Erkenntnis schmerzte ihn zutiefst.

Der Schwan fuhr schließlich fort: "Nolan, du magst es nicht glauben, aber auch du besitzt Eleganz. Eine Eleganz, die sichtbar wird, wenn du in deinem Element bist, wenn du alles gibst, um ein Ziel zu erreichen. Diese Eleganz ist nichts, was dir einfach so zufällt. Es steckt harte Arbeit dahinter, Anstrengung, Hingabe und der Wille, dich selbst immer weiterzuentwickeln. Erinnerst du dich an die Momente, in denen du in deiner beruflichen Laufbahn Entscheidungen treffen musstest, die anderen zu schwer erschienen? Es waren nicht die schnellen Erfolge, die zählten, sondern die Art und Weise, wie du ruhig und überlegt vorgingst, wie du Schwierigkeiten mit Anmut und Besonnenheit begegnet bist."

Nolan schloss die Augen, und langsam tauchte eine Erinnerung in seinem Geist auf. Er sah sich selbst in einem wichtigen Meeting, als er eine schwierige Verhandlung führen musste. Alle Augen waren auf ihn gerichtet, und er hatte die Verantwortung für das Gelingen dieses Geschäfts. Seine Frau hatte ihn an jenem Morgen gesehen, wie angespannt er war, wie sehr er sich vorbereitete, und als er schließlich nach Hause gekommen war, hatte sie ihn angelächelt. "Ich wusste, dass du das schaffst", hatte sie gesagt. "Du hast eine Ruhe und eine Stärke gezeigt, die bewundernswert ist." Nolan erinnerte sich, wie ihre Worte ihn berührt hatten, wie er sich zum ersten Mal nicht nur erleichtert, sondern auch stolz gefühlt hatte, weil sie ihn gesehen hatte – wirklich gesehen, mit all seinen Anstrengungen.

Der Schwan nickte. "Diese Momente, in denen du deine Eleganz zeigtest, Nolan, haben dir nicht nur beruflichen Erfolg gebracht, sondern auch das Bewusstsein, dass du stark und fähig bist. Doch diese

Der Schwan

Eleganz hat auch andere berührt, besonders diejenigen, die dir am nächsten standen. Deine Frau hat dich beobachtet, hat die Anstrengungen gesehen, die du unternommen hast, um mit Ruhe und Würde in schwierigen Situationen zu bestehen. Und das hat sie stolz gemacht."

Der Hund, der die ganze Zeit aufmerksam zugehört hatte, aber einen kleinen Sicherheitsabstand einhielt, da er dem Schwan noch nicht vollends trauen wollte, hob plötzlich den Kopf und fügte hinzu: "Ich erinnere mich auch an so eine Situation. Weißt du noch, als wir zusammen joggen waren, Nolan? Es war dieser steile Hügel, den du unbedingt bewältigen wolltest. Es war schwer, du warst außer Atem, und ich konnte sehen, wie sehr du kämpftest. Aber du hast nicht aufgegeben. Du hast deinen Rhythmus gefunden, hast den Anstieg Schritt für Schritt gemeistert. Als wir oben ankamen, hast du innegehalten, und sie war dort. Deine Frau war gekommen, um dich zu überraschen, und ihr Lächeln — ich werde es nie vergessen. Sie hat gesehen, wie du dich durchgebissen hast, mit Eleganz und Entschlossenheit. Sie wusste, wie viel es dir abverlangt hatte, und sie war stolz auf dich."

Nolan spürte, wie seine Augen feucht wurden, als er sich an den Moment erinnerte. Es war nicht nur der

Erfolg, den Hügel zu bezwingen, der zählte, sondern das Lächeln seiner Frau, das ihm gezeigt hatte, dass sie seine Anstrengungen verstanden und geschätzt hatte. Doch jetzt wurde ihm wieder klar, wie selten er solche Anerkennung zurückgegeben hatte. Wie oft hatte er diese Momente verpasst, in denen auch sie Eleganz gezeigt hatte, in denen sie eine ähnliche Anstrengung aufgebracht hatte, um für ihn oder für sich selbst da zu sein?

Der Schwan sah an sich selbst herab und zupfte eine Feder aus seinem Flügel. "Eleganz, Nolan, ist nicht nur das, was man äußerlich sieht. Sie ist die innere Stärke, die Fähigkeit, den Herausforderungen des Lebens mit Anmut zu begegnen. Du hast sie in dir, und sie hatte und hat sie mit Sicherheit immer noch in sich. Doch Eleganz zu erkennen und zu schätzen, bedeutet, den anderen wirklich zu sehen, ihn in seiner Tiefe zu erkennen und seine Anstrengungen zu würdigen."

Der Schwan hielt inne und sah Nolan und den Hund eindringlich an. Seine Stimme klang sanft, aber bestimmend, als er fortfuhr: "Eleganz, Nolan, bedeutet nicht, dass du alle Freuden des Lebens dauerhaft einschränkst. Es ist wichtig, das Gleichgewicht zu finden. Eleganz ist keine starre Selbstdisziplin, die alle Freude unterdrückt. Wenn der Spieltrieb die Oberhand gewinnt, dann darf das nicht unterdrückt werden. Es gibt Momente, in denen man der Freude freien Lauf lassen sollte, in denen man sich einfach treiben lassen kann."

Der Schwan schoss plötzlich nach vorne, seine Flügel erhoben sich in einer beeindruckenden Geste, und ein lautes Fauchen entfuhr ihm. Der Hund sprang erschrocken einen halben Meter nach hinten, die Augen weit aufgerissen vor Überraschung. Für einen Moment war die Spannung in der Luft greifbar, doch dann nahm der Schwan sofort wieder seine elegante Haltung ein. Seine Flügel legten sich an seinen Körper, und mit einem leichten Lächeln in seiner Stimme entschuldigte er sich: "Verzeiht mir. Aber manchmal, muss ich zugeben, macht es einfach zu viel Spaß, Hunde zu erschrecken."

Der Hund reagierte verwirrt, und Nolan konnte nicht anders, als leise zu lachen. Der Schwan schien eine gewisse Zufriedenheit in sich zu tragen, während er sich wieder dem Wasser zuwandte. Mit einer fließenden Bewegung begann er, davonzuschwimmen, seine Eleganz kehrte mit jeder Bewegung zurück. Das Wasser glättete sich hinter ihm, und er glitt in aller Anmut über die Oberfläche des Sees, als hätte sich nichts ereignet. Seine Worte lagen noch in der Luft —

Der Schwan

Eleganz bedeutete auch, sich selbst treu zu bleiben, der Freude und dem Spieltrieb Raum zu geben, wenn der Moment danach verlangte. Während der Schwan in der Ferne verschwand, blieb Nolan noch einen Moment regungslos stehen und der Hund setzte sich neben ihn. Die Stille des Sees und der umliegenden Natur umhüllte sie. Dann, plötzlich, durchbrach eine neue Stimme die Ruhe. Eine tiefe, klangvolle Stimme: "Manchmal bedeutet Eleganz auch, niemals die Hoffnung zu verlieren."

Nolan drehte sich überrascht um, suchte die Quelle der Stimme. Er sah einen großen Vogel, der anmutig am Ufer entlangschritt, mit einem langen Hals und einer edlen Gestalt. Der Vogel sah ihn aufmerksam an, seine Augen strahlten eine Mischung aus Weisheit und Sanftmut aus. Nolan spürte eine ruhige Zuversicht, die von dem Tier ausging, aber er wusste einfach nicht, was das für ein Vogel war.

Von weit hinten, dort wo der Schwan gerade im Morgen-Nebel, der sich aus dem Wasser erhob, verschwunden war, hörte Nolan seine Stimme: "Das ist ein Kranich, Nolan."

Der Kranich und die Hoffnung

Der Kranich

Der Kranich neigte leicht den Kopf. "Die Hoffnung, Nolan," sagte der Kranich, seine Stimme sanft, aber bestimmt, "ist das, was uns weiterträgt, selbst wenn die Wege lang und die Herausforderungen groß sind. Sie ist das, was uns in Bewegung hält, wenn alles andere stillsteht." Der Kranich breitete seine Flügel leicht aus, als ob er die Bedeutung seiner Worte unterstreichen wollte. "Verliere die Hoffnung nicht, Nolan. Der Weg ist noch lang, aber ich werde dich ein Stück begleiten."

Seine Präsenz strahlte Ruhe und Sicherheit aus. "Weißt du, Nolan, für uns Kraniche ist die Hoffnung ein lebenswichtiger Teil unseres Daseins. Jedes Jahr begeben wir uns auf lange Reisen, fliegen über unermessliche Weiten, durch unbekannte Länder, oft über hunderte von Kilometern. Die Welt unter uns ist in ständiger Veränderung, wir fliegen durch Stürme, über Wüsten und Meere. Es gibt Momente, in denen wir aufgeben könnten, Momente, in denen die Anstrengungen so groß sind, dass sie uns überwältigen könnten. Doch es ist die Hoffnung, die uns weiterfliegen lässt – die Hoffnung auf die Ankunft an einem besseren Ort, an einem Ort, an dem wir sicher sind, an dem wir ruhen können."

Der Kranich

Der Kranich hob seinen Kopf, als ob er einen unsichtbaren Punkt am Horizont anvisierte. "Für uns Kraniche bedeutet Hoffnung nicht, dass alles immer leicht ist. Hoffnung ist nicht die Abwesenheit von Herausforderungen oder Hindernissen. Sie ist die Überzeugung, dass es sich lohnt, weiterzufliegen, auch wenn die Flügel schmerzen, auch wenn der Wind gegen uns steht. Sie ist das Vertrauen, dass nach dem Sturm auch wieder die Sonne scheint und dass es irgendwo da draußen einen Platz gibt, der uns Zuflucht bietet. Hoffnung bedeutet für uns, dass jede Anstrengung einen Sinn hat, dass jeder Flügelschlag uns unserem Ziel näherbringt, selbst wenn wir es gerade nicht sehen können."

Nolan lauschte den Worten des Kranichs, während dieser seine Flügel leicht öffnete, um seine Bewegungen zu verdeutlichen. "Wenn wir in der Luft sind, sind wir oft auf uns allein gestellt. Doch wir fliegen nie allein. Wir fliegen in einer Formation, einer Gemeinschaft, in der jeder Kranich seinen Platz hat. In diesen Momenten gibt uns die Hoffnung nicht nur die Kraft, für uns selbst zu fliegen, sondern auch für die anderen neben uns. Jeder von uns hofft auf den nächsten, auf seine Stärke und seine Ausdauer. Diese Hoffnung ist es, die uns in der Luft hält und uns hilft, die langen Strecken zu überwinden."

Der Kranich

Der Kranich sah Nolan aufmerksam an. "Auch für dich, Nolan, ist die Hoffnung das, was dich weitertragen wird. Die Hoffnung, dass es wieder bessere Tage geben wird, dass es sich lohnt, weiterzugehen, selbst wenn der Weg steinig ist. Die Hoffnung, dass die Anstrengungen, die du heute machst, sich auszahlen werden, auch wenn du das Ziel gerade nicht klar vor Augen hast. Du darfst niemals vergessen, dass die Hoffnung eine Kraft ist, die dir helfen kann, durch die dunkelsten Zeiten hindurchzukommen. Sie ist das Licht, das dir den Weg weist, selbst wenn alles andere im Schatten liegt."

Der Kranich ließ seine Flügel wieder sinken und schritt näher zu Nolan heran. "Hoffnung bedeutet nicht, dass du den Weg vor dir immer klar erkennen musst. Manchmal genügt es, einfach nur weiterzugehen, darauf zu vertrauen, dass jeder Schritt dich weiterbringt. Die Hoffnung ist der unsichtbare Kompass, der dich führt, selbst wenn du glaubst, verloren zu sein. So wie wir Kraniche unseren Weg über Tausende von Kilometern finden, indem wir einfach dem Instinkt und der Hoffnung folgen, so kannst auch du deinen Weg finden, Nolan. Es mag nicht immer leicht sein, doch die Hoffnung ist immer bei dir. Lass uns zusammen diesen Weg gehen, Schritt für Schritt, mit der

Der Kranich

Gewissheit, dass das Ziel irgendwo da draußen auf dich wartet."

Gemeinsam setzten Nolan, der Hund und der Kranich ihren Weg am Ufer des Sees fort. Das Wasser glitzerte im sanften Morgenlicht, und die Natur um sie herum wirkte friedlich und ruhig. Nolan ging langsam, seine Gedanken kreisten um die Worte des Kranichs über Hoffnung. Schließlich sprach er leise, mehr zu sich selbst als zu den anderen: "Hoffnung... Oft ist sie der letzte verzweifelte Akt, wenn es keine Lösung mehr gibt. Wie das Schaf, das vor dem Wolf steht und nicht mehr entrinnen kann. Es hat nichts mehr, worauf es hoffen kann, außer einem Wunder."

Der Kranich blieb stehen, sah Nolan eindringlich an und schüttelte leicht den Kopf. "Nein, Nolan," sagte der Kranich mit einer tiefen Stimme, die von Verständnis durchzogen war, "das, was du beschreibst, ist keine Hoffnung. Das ist Verzweiflung. Verzweiflung ist das Gefühl, wenn es keine Lösungen mehr zu geben scheint, wenn alle Auswege blockiert sind und das Gehirn keine andere Möglichkeit mehr sieht, außer aufzugeben. Verzweiflung bedeutet, dass man an dem Punkt angelangt ist, an dem unser Geist einfach nicht mehr in der Lage ist, die Situation zu bewältigen. Und aus dieser Verzweiflung heraus versucht das Gehirn, eine andere Welt zu entwerfen – eine Welt, in der die Bedrohung nicht existiert, in der wir uns selbst einreden, dass es vielleicht doch noch eine Chance gibt, auch wenn wir tief im Inneren wissen, dass es nur eine Frage der Zeit ist, bis die Realität uns einholt."

Nolan schluckte schwer. Die Worte des Kranichs trafen ihn unerwartet, und er spürte, wie eine Schwere in ihm aufstieg. "Aber was ist dann Hoffnung?" fragte er zögerlich, seine Stimme kaum mehr als ein Flüstern.

Der Kranich legte seine Flügel leicht an, seine Augen voller Mitgefühl. "Hoffnung, Nolan, ist nicht das Gleiche wie Verzweiflung. Hoffnung entsteht nicht aus der Abwesenheit von Möglichkeiten, sondern aus der Überzeugung, dass es immer einen Weg gibt – selbst wenn wir ihn gerade nicht sehen können. Sie ist der Glaube daran, dass nach jeder Dunkelheit wieder Licht kommen wird. Sie ist die Kraft, die uns weitermachen lässt, die uns dazu bringt, weiterzufliegen, selbst wenn der Himmel voller Sturmwolken ist. Sie ist die Überzeugung, dass es immer ein Morgen geben wird, dass das Leben weitergeht und dass wir, egal wie schwer die Gegenwart auch sein mag, einen Schritt nach dem anderen machen können."

Der Hund, der ihnen bis hierher in stillem Gehorsam

gefolgt war, hob plötzlich den Kopf, als hätte er etwas Wichtiges beizutragen. "Weißt du noch, Nolan," begann der Hund, "wie wir einmal im Winter unterwegs waren? Es war eiskalt, und du hast versucht, mich zu einem Spaziergang zu überreden, obwohl ich mich lieber vor den Kamin gelegt hätte. Wir sind losgegangen, und schon nach wenigen Minuten hast du gemerkt, dass der Weg, den du gewählt hattest, vollständig vereist war. Du hättest einfach umdrehen können, aber stattdessen hast du einen anderen Weg eingeschlagen. Einen Weg, der nicht leicht zu finden war, weil er unter dem Schnee verborgen lag. Aber du hast die Hoffnung nicht aufgegeben. Und schließlich haben wir einen wunderschönen, verschneiten Weg gefunden, der uns zu einem herrlichen Aussichtspunkt geführt hat. Das war Hoffnung, Nolan. Nicht die blinde Verzweiflung, sondern der Glaube, dass es einen anderen Weg geben könnte – selbst wenn man ihn noch nicht sehen kann."

Vielleicht war es tatsächlich Hoffnung, die ihm bisher gefehlt hatte. Eine Hoffnung, die ihn nicht nur weitermachen ließ, sondern auch die Überzeugung, dass es trotz aller Hindernisse immer einen Weg geben würde. Der Kranich schritt langsam weiter, und Nolan und der Hund folgten ihm, Schritt für Schritt, mit dem Gefühl, dass ein neuer Weg vor ihnen lag – ein Weg voller Hoffnung, selbst wenn die Zukunft noch im Verborgenen lag.

Der Kranich drehte seinen Kopf zu Nolan und er schien, die richtigen Worte abzuwägen. "Nolan," begann der Kranich schließlich, "der Weg, den der Hund gerade beschrieben hat, ist das perfekte Beispiel für das, was wahre Hoffnung ausmacht. Hoffnung ist kein passives Gefühl, kein Warten auf ein Wunder, wenn es keine offensichtliche Lösung mehr gibt. Hoffnung ist eine Entscheidung – eine unbewusste, aber dennoch kraftvolle Entscheidung, nicht aufzugeben. Sie ist das aktive Suchen nach Alternativen, selbst wenn die Wege nicht klar sind, selbst wenn der vor uns liegende Pfad mit Schnee bedeckt und kaum sichtbar ist."

Der Kranich machte eine Pause und ließ seine Flügel leicht erzittern, als ob er Nolans Aufmerksamkeit noch einmal festigen wollte. "Hoffnung bedeutet, nicht einfach an einem Ort zu verharren und zu warten, bis sich die Dinge von allein verbessern. Sie ist die Bereitschaft, selbst im Angesicht der größten Hindernisse neue Wege zu gehen, andere Möglichkeiten auszuprobieren und sich nicht der Verzweiflung hinzugeben. Wenn du einen Pfad versperrt findest, dann gehst du weiter, du suchst nach einem neuen. Das ist es, was Hoffnung wirklich ausmacht – der Wille, weiterzumachen, die Fähigkeit, alternative Routen zu erkennen, auch wenn sie nicht sofort sichtbar sind."

Der Kranich blickte über den See, der nun in der wärmenden Sonne glitzerte. "Wir Kraniche wissen das nur zu gut. Auf unseren langen Reisen begegnen wir oft Herausforderungen, die uns zu überwältigen drohen – Stürme, die unsere Formation auseinanderreißen wollen, Gefahren, die uns zwingen, unsere Flugrouten zu ändern. Doch jedes Mal entscheiden wir uns, weiterzufliegen. Wir ändern die Höhe, wir ändern die Richtung, wir passen uns an. Wir hoffen nicht passiv darauf, dass der Sturm verschwindet, sondern wir handeln, wir suchen aktiv nach der besten Möglichkeit, um voranzukommen. Und genau darin liegt die wahre Natur der Hoffnung."

Nolan nickte langsam. Er verstand nun, dass Hoffnung mehr war als nur ein Gefühl. Sie war eine innere Kraft, die ihn weitergehen ließ, auch wenn der Weg unsicher war. Er erinnerte sich an die Momente, in denen er aufgeben wollte, an die Zeiten, in denen es einfacher gewesen wäre, sich der Verzweiflung hinzugeben. Doch Hoffnung hatte ihn dazu gebracht, weiterzugehen, andere Wege auszuprobieren, die nicht immer klar vor ihm lagen. Es war jeweils eine Entscheidung, die er getroffen hatte, ohne es bewusst zu wissen.

Der Kranich lächelte sanft. "Also, Nolan, erinnere dich daran, dass Hoffnung immer mit einer Entscheidung verbunden ist. Sie ist nicht etwas, das du einfach nur fühlen kannst, sie ist etwas, das du tust. Hoffnung ist der Flügelschlag, der dich in die Luft hebt, auch wenn der Wind stark ist. Sie ist die Bewegung nach vorne, auch wenn der Pfad unsicher ist. Sie ist die aktive Wahl, immer wieder weiterzugehen."

Nolan sah den Kranich und den Hund an und fühlte, dass sie ihm eine wertvolle Lektion mitgegeben hatten. Hoffnung war nicht das Warten auf ein Wunder, sondern das bewusste Weitergehen, das aktive Suchen nach neuen Wegen, wenn die alten verschlossen schienen. Schritt für Schritt setzten sie ihren Weg am Seeufer fort – mit Hoffnung als ihrem unsichtbaren Begleiter.

Nolan ging weiter, doch eine Frage brannte ihm auf der Zunge. Schließlich konnte er sie nicht länger zurückhalten und wandte sich an den Kranich: "Woher wisst ihr eigentlich, welche alternativen Routen ihr fliegen könnt, wenn ihr von einem Sturm überrascht werdet? Ihr könnt doch nicht einfach hoffnungsvoll zehn verschiedene Varianten ausprobieren, nur um dann festzustellen, dass ihr körperlich am Ende seid."

Der Kranich nickte verstehend. "Das ist eine kluge Frage, Nolan. Es stimmt, wir Kraniche können uns nicht erlauben, planlos zu fliegen und einfach beliebige Wege auszuprobieren, wenn die Umstände uns überraschen. Hoffnung ist kein blindes Umherirren, sie ist kein unüberlegtes Vorwärtsdrängen in der Hoffnung, dass sich alles schon irgendwie regelt. Nein, Hoffnung ist klug und bedacht, sie ist eine Mischung aus Erfahrung, Instinkt und Anpassungsfähigkeit.

Wir Kraniche haben über Generationen hinweg gelernt, die Zeichen der Natur zu lesen. Wir kennen die Strömungen der Luft, wir wissen, wie Wolken sich verhalten, bevor ein Sturm aufzieht, und wir haben ein Gespür für die Wege, die sicherer sein könnten. Diese Erfahrung gibt uns die Grundlage für die Entscheidungen, die wir treffen, wenn der Himmel sich plötzlich verdunkelt und der Sturm uns überrascht. Hoffnung ist also nicht das einfache Ausprobieren verschiedener Varianten, sondern das kluge Anpassen an die Gegebenheiten, die uns die Natur vorgibt. Sie ist die Fähigkeit, auf das zu vertrauen, was wir in uns tragen – das Wissen, die Erfahrung und das Gespür für die richtigen Entscheidungen."

Der Kranich

Der Kranich hielt einen Moment inne und setzte dann fort: "Es ist wie bei dir, Nolan. Auch du hast in deinem Leben Erfahrungen gesammelt, hast Fähigkeiten und Stärken entwickelt. Wenn du vor einer Herausforderung stehst, darfst du nicht einfach planlos handeln oder auf ein Wunder hoffen. Du kannst auf deine Erfahrung zurückgreifen, auf das, was du gelernt hast. Hoffnung bedeutet, diese Erfahrung zu nutzen, sie mit Mut zu verbinden und dann eine bewusste Entscheidung zu treffen – auch wenn der Weg vor dir unsicher ist."

Der Hund nickte zustimmend und fügte hinzu: "Genau, Nolan. Erinnerst du dich an all die Male, als wir draußen unterwegs waren und uns plötzlich ein Hindernis im Weg stand? Du hast nie einfach planlos gehandelt. Du hast dir die Umgebung angesehen, hast nach Alternativen gesucht und dann eine Entscheidung getroffen. Hoffnung ist nicht nur der Glaube an eine bessere Zukunft, sondern auch das Vertrauen in dich selbst und in deine Fähigkeiten, diese Zukunft zu gestalten."

Der Kranich nickte zustimmend. "Das ist es, Nolan. Hoffnung ist aktiv, sie ist ein bewusster Prozess. Sie ist keine naive Vorstellung, dass alles gut wird, ohne dass wir etwas tun müssen. Sie ist das Vertrauen in unsere Fähigkeiten, in unsere Gemeinschaft, in die Zeichen, die uns umgeben. Sie ist die bewusste Wahl, Alternativen zu suchen und mutig genug zu sein, sie zu verfolgen, auch wenn der Weg vor uns nicht immer klar erkennbar ist. Das bedeutet, weise zu handeln und gleichzeitig offen zu bleiben für das Unvorhersehbare."

Nolan fühlte, wie eine neue Art von Verständnis in ihm aufstieg. Hoffnung war nicht passiv, sie war kein verzweifelter Versuch, sondern eine aktive, kluge Entscheidung, die auf Erfahrung, Anpassung und Vertrauen beruhte. Der Kranich ging weiter, und Nolan folgte ihm, mit dem Gefühl, dass er gerade eine weitere wertvolle Lektion über das Leben erhalten hatte.

Während sie weitergingen, senkte Nolan den Blick und sprach leise, als ob er zu sich selbst redete: "Vielleicht habe ich jede Hoffnung bei meiner Frau zerstört, sonst hätte sie mich nicht verlassen." Der Kranich blieb abrupt stehen. Er drehte sich zu Nolan um, seine Augen ernst und durchdringend.

"Dann, Nolan, hast du das Prinzip nicht verstanden!" sagte der Kranich mit einer Stimme, die keine Zweifel duldete. "Woher willst du wissen, dass deine Frau die

Hoffnung verloren hat? Vielleicht hat sie nie die Hoffnung aufgegeben. Vielleicht hofft sie genau darauf, dass du diese Erkenntnisse von selbst erlangst. Dass du verstehst, was schiefgelaufen ist. Vielleicht war das der Grund, warum sie dir die Freiheit gegeben hat – die Freiheit, all das zu erkennen, was du vielleicht in der letzten Nacht niemals begriffen hättest, wenn sie noch da gewesen wäre."

Der Kranich hielt kurz inne, als würde er nach den richtigen Worten suchen, und fuhr dann fort. "Ihr habt zwar zusammen gelebt, aber nicht wirklich zusammengelebt. Das ist ein großer Unterschied, Nolan. Vielleicht war es ihr intuitiver Weg, dich zu dieser Erkenntnis zu führen, selbst wenn es bedeutete, dass sie selbst Schmerz ertragen musste. Vielleicht hat sie gehofft, dass du endlich aufwachst, dass du erkennst, was wirklich zählt. Dass du zu der Erkenntnis kommst, dass es mehr braucht als nur physische Nähe, dass es emotionale Verbundenheit, Verständnis und Wertschätzung braucht, um wirklich gemeinsam zu leben."

Nolan hatte immer geglaubt, dass ihre Trennung ein Zeichen dafür war, dass sie die Hoffnung verloren hatte, dass er für sie ein verlorener Fall war. Doch nun sah er es in einem neuen Licht. Vielleicht war ihre

Entscheidung, zu gehen, nicht ein Akt der Verzweiflung, sondern ein Ausdruck ihrer tiefsten Hoffnung. Die Hoffnung, dass er es eines Tages begreifen würde. Dass er all die Dinge verstehen würde, die sie ihm zu vermitteln versucht hatte, als sie noch an seiner Seite war.

Der Kranich senkte seine Stimme wieder und fuhr bewusst etwas sanfter fort. "Hoffnung bedeutet manchmal, loszulassen. Hoffnung bedeutet, den Mut zu haben, jemandem die Freiheit zu geben, den eigenen Weg zu finden. Sie hat dich nicht verlassen, weil sie die Hoffnung aufgegeben hat. Sie hat dich verlassen, weil sie hoffte, dass du in der Lage sein würdest, dich selbst zu finden, dass du die Wahrheit über dich und eure Beziehung entdecken würdest. Manchmal, Nolan, ist es genau das, was wir tun müssen, um den Menschen, den wir lieben, wirklich zu helfen – wir müssen loslassen, um ihnen die Chance zu geben, zu wachsen."

Nolan spürte, wie seine Augen feucht wurden. Der Gedanke, dass seine Frau vielleicht immer noch Hoffnung für ihn hegte, dass ihr Verlassen ein Akt des Glaubens an ihn war, erschütterte ihn zutiefst. Er fühlte sich gleichzeitig beschämt und hoffnungsvoll. Vielleicht war es noch nicht zu spät. Vielleicht gab es immer noch eine Möglichkeit, ihren Glauben in ihn zu bestätigen, ihre Hoffnung nicht zu enttäuschen.

Der Kranich trat einen Schritt näher an Nolan heran. "Gib die Hoffnung nicht auf, Nolan. Nicht für dich und nicht für sie. Wenn sie diesen Schritt gewagt hat, dann war es, weil sie an dich geglaubt hat. Jetzt liegt es an dir, diesen Glauben zu erfüllen und deinen Weg zu finden – für euch beide."

Seine Stimme war weiterhin ruhig, doch es lag eine tief empfundene Bedeutung darin, als er sagte: "Wenn dir das heute Nacht klar geworden ist, dann habe ich Hoffnung für euch beide." Es war, als ob der Kranich ihm das Geschenk einer neuen Möglichkeit reichte – ein Versprechen, dass noch nicht alles verloren war. Der Kranich hielt inne, ließ seinen Blick auf Nolan ruhen, bevor er dann langsam auf den Hund schaute. Seine Augen schimmerten im sanften Licht der mittlerweile aufgegangenen Sonne, und ein feines Lächeln schlich sich in seine Züge. "Nein, für euch alle drei", fügte er hinzu, während er den Hund musterte, der ruhig neben Nolan stand und aufmerksam zuhörte.

Nolan folgte dem Blick des Kranichs, und eine neue Welle von Emotionen durchströmte ihn – eine Mischung aus Hoffnung, Verantwortung und der Erkenntnis, dass er auf dieser Reise nicht allein war.

Der Kranich

Dass es immer noch eine Möglichkeit gab, mit dem Hund als treuem Begleiter, eines Tages seine Frau wiederzufinden.

Der Kranich richtete sich auf, sein Hals stolz erhoben, während er sich auf den Abflug vorbereitete. Mit einem langsamen, kraftvollen Schlag öffnete er seine Flügel, die beinahe golden schimmerten. Noch einmal sah er Nolan an, als wollte er sicherstellen, dass seine Worte gehört und verstanden worden waren. Dann stieß er sich mit einem eleganten Schwung vom Boden ab, seine Flügel trugen ihn in die Luft, und er erhob sich majestätisch über die Baumkronen.

Nolan beobachtete den Kranich, wie er höher und höher flog, bis er schließlich in den Strahlen der Sonne verschwand. Das Licht schien ihn zu umhüllen, als ob er zu einem Teil des Himmels wurde, und Nolan konnte nicht anders, als einen tiefen Atemzug zu nehmen. Es war, als hätte der Kranich ihm einen letzten, stillen Segen gegeben – die Hoffnung, die er in seine Hände gelegt hatte, war jetzt Nolans Aufgabe. Die Sonne stand nun hoch genug, um die Kühle der Nacht zu vertreiben, und mit jedem wärmenden Strahl fühlte Nolan, wie etwas in ihm neu erwachte. Hoffnung – für sich selbst, für seine Frau und für die Reise, die noch vor ihnen lag.

Die Mona Lisa

Die Mona Lisa

Sein Blick wanderte immer wieder nervös zwischen Nolan und dem Wildschwein hin und her.

Das Wildschwein machte einen langsamen Schritt nach vorne, und Nolan beobachtete es aufmerksam. Der Hund versuchte es erneut. "Nolan, hör mir zu, ich glaube wirklich, dass - " Doch Nolan wehrte ihn wieder ab. "Warte noch einen Moment, ich möchte wissen, was es zu sagen hat," antwortete er mit fester Stimme.

Das Wildschwein trat noch näher heran, sein Blick fixierte Nolan, und es schien keinerlei Anzeichen von Freundlichkeit zu zeigen. Der Hund begann nun unruhig zu werden, seine Ohren zuckten, und er trat einen Schritt nach vorne, zwickte Nolan leicht ins Bein. Endlich richtete Nolan seine Aufmerksamkeit auf den Hund. Der Hund sah ihn ernst an und sagte leise: "Nolan, dieses Wildschwein wird nicht mit uns reden. Das ist kein weiser Begleiter."

Nolan runzelte die Stirn, und in diesem Moment sprang das Wildschwein plötzlich nach vorne. Mit vorgestrecktem Kopf und schnaufend rannte es direkt auf sie zu. Panik schoss durch Nolans Körper, und der Hund sprang auf, seine Stimme durchbrach die Stille: "Lauf, Nolan! Lauf!"

Nolan zögerte keine Sekunde länger. Gemeinsam mit dem Hund rannte er los, so schnell ihn seine Beine trugen. Das Wildschwein folgte ihnen, und das Donnern seiner Hufe hallte in Nolans Ohren wider. Die beiden jagten den Weg entlang, das Dickicht des Waldes schien an ihnen vorbeizufliegen, und Nolan spürte, wie sein Herz wild in seiner Brust pochte. Der Waldrand kam näher, das Licht der offenen Landschaft vor ihnen wurde heller. Mit einem letzten, kraftvollen Sprint schossen Nolan und der Hund aus dem Wald heraus – nur wenige Sekunden, bevor das Wildschwein sie erreicht hätte.

Keuchend blieb Nolan stehen, seine Hände auf den Knien, während er versuchte, seinen Atem zu beruhigen. Der Hund stellte sich schützend vor ihn, sein Blick immer noch auf den Waldrand gerichtet, wo das Wildschwein stehen geblieben war. Es sah ihnen für einen Moment nach, schnaubte dann laut und verschwand wieder im Unterholz. Nolan richtete sich langsam auf, sein Atem ging noch immer schwer, doch ein Lächeln schlich sich auf sein Gesicht. Er sah zu seinem Hund hinunter, der ihn mit einem wissenden Blick ansah. "Danke," sagte Nolan leise, und der Hund wedelte kurz mit dem Schwanz, bevor er sich neben Nolan setzte. Gemeinsam blickten sie auf die offene Landschaft vor sich, während die Sonne stetig und

Die Mona Lisa

unaufhaltsam höher stieg.

Nolan und der Hund machten sich schließlich auf den Heimweg, entlang des bekannten Weges, der sie zurück zu ihrem Haus führte. Der Wald lag nun hinter ihnen, und mit jedem Schritt schien der Druck und die Aufregung der letzten Stunden ein wenig abzufallen. Es fühlte sich fast wie ein heimkehrender Triumph an — die Rückkehr von einer Reise, die ihn verändert hatte.

Als sie schließlich vor der Haustür standen, öffnete Nolan die Tür und ließ den Hund als Ersten eintreten. Im Haus war es kühl und still. Nolan warf einen Blick durch den Flur und fühlte eine seltsame Mischung aus Vertrautheit und Distanz — als wäre das Haus dasselbe geblieben, aber er selbst nicht mehr derjenige, der es einst verlassen hatte.

Langsam ging er die Treppe hinauf und betrat das Badezimmer. Er sah sich im Spiegel, das Spiegelbild zeigte einen Mann, der müde, aber irgendwie auch erleichtert aussah. Er wusch sich das Gesicht mit kaltem Wasser, das seine Haut erfrischte und seine Sinne belebte. Als er sich aufrichtete, fiel sein Blick auf das noch volle Whiskey-Glas, das immer noch auf dem Rand des Waschbeckens stand — ein Relikt der vergangenen Nacht, die so düster begonnen hatte.

Nolan griff nach dem Glas und betrachtete die bernsteinfarbene Flüssigkeit. Ohne weiter nachzudenken, setzte er das Glas an seine Lippen und trank es in einem Schluck aus. Die Flüssigkeit brannte leicht in seiner Kehle, doch es war nicht der Trost, den er zuvor darin gesucht hatte. Es war ein Abschluss, ein Moment, der ihn daran erinnerte, was hinter ihm lag – und was nun vor ihm lag. Mit einem leisen Seufzen stellte er das leere Glas zurück auf den Rand des Waschbeckens, warf noch einen letzten Blick in den Spiegel und ging dann aus dem Badezimmer hinaus. Draußen wartete sein treuer Hund auf ihn, der ihn mit großen, treuen Augen ansah, als ob er wüsste, dass dies der Anfang von etwas Neuem war.

Der Whiskey machte Nolan müde, und er seufzte, während er sich ins Wohnzimmer begab. Dort stand der Ohrensessel seiner Frau – der alte, gemütliche Ohrensessel, in dem sie oft saß und las. Nolan ließ sich in den Sessel sinken, seine müden Glieder entspannten sich sofort in der weichen Polsterung. Von dort aus betrachtete er den Raum, und irgendwie sah er ihn nun mit anderen Augen. Er sah die klare Struktur, die ordentlichen Möbel und die moderne Technik, und plötzlich fragte er sich, ob das Klavier, das seine Frau sich immer gewünscht hatte, doch besser in diesen

Raum gepasst hätte. Es hätte eine Seele hineingebracht, etwas Menschliches, etwas, das die Kälte der perfekt abgestimmten Einrichtungsgegenstände durchbrochen hätte. Ein sanftes Lächeln erschien auf seinem Gesicht, während er diesen Gedanken weiterführte.

Noch bevor er weiter darüber nachdenken konnte, wie anders der Raum mit dem Klavier hätte wirken können, fühlte er, wie seine Augenlider schwerer wurden. Die Müdigkeit übermannte ihn, und innerhalb kürzester Zeit fiel Nolan in einen tiefen, erholsamen Schlaf, eingehüllt in die Wärme des Sessels und die Erinnerungen an seine Frau.

Das schrille Klingeln des Telefons riss ihn aus dem Schlaf. Er blinzelte verwirrt, orientierte sich kurz und sah dann auf das Display des Telefons, das neben ihm lag. Es war die Firma. Nolan seufzte. Irgendetwas schien am Wochenende passiert zu sein, und dann riefen sie immer ihn an, weil er es dann irgendwie lösen sollte – auch wenn es andere genauso gut könnten.

Er nahm das Telefon in die Hand, seine Finger zögerten über dem grünen Symbol, als plötzlich sein Hund laut bellte. Nolan zuckte zusammen, so unerwartet war das Geräusch. Er drehte den Kopf zum Hund, der ihn aufmerksam ansah, seine Ohren gespitzt.

"Was zum..." begann Nolan, doch dann musste er lachen. Der Hund redete nicht, er bellte. "Was für ein verrückter Traum!" rief Nolan laut aus und lachte erneut.

Der Hund bellte weiter. Nolan schüttelte den Kopf, ein breites Lächeln auf seinem Gesicht. Er sah noch einmal auf das Telefon, dann drückte er entschieden auf das rote Symbol und schaltete das Firmenhandy komplett aus. Ein Gefühl der Befreiung durchströmte ihn, als er aufstand und in Richtung Küche ging.

Der Hund folgte ihm mit wedelndem Schwanz, und Nolan öffnete die Schranktür, um den Futternapf zu füllen. Der Hund drehte sich voller Freude im Kreis, sein Bellen schallte durch die Küche, während er aufgeregt auf das Futter wartete. Nolan schüttelte lachend den Kopf, als er den Napf auf den Boden stellte und sah, wie der Hund mit sichtbarer Begeisterung zu fressen begann. "Ja, es war nur ein Traum", murmelte Nolan, während er zurück ins Wohnzimmer ging, das Lächeln immer noch auf seinen Lippen. Die Ereignisse der letzten Nacht fühlten sich gleichzeitig real und unwirklich an, und irgendwie wusste er, dass dieser verrückte Traum ihn mehr verändert hatte, als er jemals hätte ahnen können.

Die Mona Lisa

Auf dem Klavier lag eine Illustrierte und auf dem Cover war die Mona Lisa zu sehen. Nolan wurde warm ums Herz.

"Alles wird gut!"

Er holte sein privates Handy, das auf dem Wohnzimmertisch lag, und wählte ihre Nummer.

Während das Freizeichen ertönte, dachte der Hund in der Küche: "Was für eine verrückte Nacht. Hoffentlich hat er es kapiert."